KB209155

MACBETH

맥베드

신정옥 옮김

전예원

『셰익스피어전집』을 옮기고 나서

 숙명처럼 혹은 원죄 (原罪)처럼 나의 삶과 정서를 지배하던 먹구름은 이제 걷히고 맑은 하늘이 열리고 있다. 하지만 나의 마음은 왠지 허전하고 공허하다. 셰익스피어와의 힘겨운 싸움에 쇠잔한 때문일까.
 나는 이제 셰익스피어가 그의 전 생애에 걸쳐 이룩한 장막희곡 37편과 3편의 장편시 그리고 소네트를 우리말로 옮기는 작업에 종지부를 찍었다. 돌이켜보면 셰익스피어문학에 어렴풋이나마 눈이 뜨이고 귀가 열린 것은 『한여름 밤의 꿈』을 번역하면서 비롯되었는데, 그때 내 마음속 깊이 자리잡은 셰익스피어가 나를 운명처럼 괴롭힌 지도 어언 20여 년이나 된다. 지난 오랜 시절 동안의 나의 외로운 번역작업은 문자 그대로 인고 (忍苦)의 세월이었다.
 "그 진실 때문에 고통의 모습을 사랑한다."고 토로한 미국의 청교도 여류시인 에밀리 디킨스의 말처럼, 위대한 인간성에의 끝없는 사랑과 아름다움에 따뜻한 시선을 던지는 셰익스피어문학의 진실 때문에 나는 그를 우리말로 옮기는 고통을 감내해왔는지도 모른다.
 그러면서도 사실 내가 셰익스피어작품에 매료된 가장 큰 원인은 바로 그의 언어의 천재성 때문이었다. 언어가 빚어낸 비극성과 희극성이 그를 인류 역사에 찬연히 빛나는 불멸 (不滅)의 극시인으로 만들었고 신선한 탄력이 나를 사로잡았던 것이다. 어디 그뿐이랴. 시적 아름다움과 향기가 깃들어 있어서 매우 심도 (深度)있는 함축성을 지닌 문체에다 음악의 미와 이미지의 미가 유기적으로 융합됨으로써 아름다움이 더욱 빛을 발하고 있는 것이다.
 따라서 태반이 이중 영상적 (映像的)인 그의 언어는 윤기마저 흐른다. 그의 언어는 싱싱하게 살아 숨쉰다. 영혼의 심연 (深淵)으로부터 우러나오는 언어의 광채와 언어의 맥박의 울림 속에서 극적 전개를 이룩해 나가는 것이 셰익스피어의 극인 것이다. 그래서 엘리자베드 시대의 영국 국민들은 셰익스피어의 극에서 시각적인 감동보다도 청각적인 짜릿한 감흥에 젖어들기를 좋아했다. 이를테면 눈으로 보는 연극보다도 귀로 듣는 연극을 좋아했고 탐닉했던 것이다.

셰익스피어의 신성(神性)에 가까운 언어의 천재성은 그의 작품을 번역하는 사람들에게 적지 않은 어려움을 안겨왔다. 나 역시 그러한 곤혹스러움에 빠져 후회가 되기도 했다. 그리하여 한 작품의 번역이 끝나고 그 다음 작품에 손을 댈 때마다 '잘못 씌어진 책은 실수이나 좋은 책의 오역은 죄악이다'라는 명구가 나를 긴장시키곤 했다. 그러한 심신의 동요 속에서도 이렇게 전집을 펴낼 수 있었던 것은 순전히 주변의 가까운 선배 동료의 격려 덕분이라고 생각한다.

여하튼 셰익스피어 원작을 번역함에 있어 나는 무분별한 직역과 지나친 의역을 피해서 될 수 있는 대로 원전에 충실하기로 방침을 세웠다. 원전과 번역의 거리를 최대한 축소시켜, 원전의 의미와 향취를 살리면서도 오늘의 감각과 취향에 맞도록 하기 위해서 애를 썼다.

따라서 "번역은 충실하면 충실할수록 더 아름답고 아름다우면 아름다울수록 덜 충실하다."라는 폴 발레리의 고백을 교훈삼아 나의 번역도 그렇게 지향하려고 노력했다.

두말할 나위 없이 셰익스피어 작품의 훌륭한 번역가는 세 개의 얼굴을 가진 그리스의 알테미스 여신보다도 한 개가 더 많은 얼굴을 가져야 된다고 한다. 즉, 네 개의 얼굴 (四面性)이란 비평가적 얼굴, 언어학자적 얼굴, 연출가적 얼굴, 시인적 얼굴, 다시 말해서 비판의식과 어휘의 풍부함과 무대지식과 그리고 시인적 감각을 가리킨다. 이러한 사면성이 탄탄하게 갖춰졌을 때 비로소 극시인의 본래의 사상과 이미지 그리고 영상을 충실하게 드러낼 수 있다고 하겠다.

나는 과거에 출간된 셰익스피어의 번역물들의 공통적 특성이라 할 산문투의 대사를 지양하고 될 수 있는 대로 무대언어로 옮기려고 노력했지만 뜻대로 되지 않아서 아쉬움이 없지 않다. 그러나 셰익스피어 작품 完譯이 한국 출판문화, 더 나아가 정신문화를 윤택하게 하는 데 한 알의 밀알이 되었으면 하는 바람을 갖고 있다. 앞으로 좋은 번역이 나오는 데 있어 나의 역서가 한 징검다리가 될 수만 있다면 기쁘겠다.

끝으로 셰익스피어 전집이 우리 말로 옮겨져 나오기까지 거친 원고를 정리하고 교정하여 책으로 만드는 데 많은 수고를 아끼지 않으신 도서출판 전예원 편집부원들과 따뜻한 정의 (情宜)와 격려를 주신 분들에게 감사한다. 특히 건전한 번역문화를 선도하는 전예원 金鎭洪 박사의 각별한 배려와 후원에 크게 힘입었음을 밝히면서 동시에 따뜻한 감사를 드린다.

1989년 여름
신정옥

맥베드

〈등장인물〉

당컨　스코틀랜드 왕

맬컴
도날베인　} 왕자

맥베드　장군, 후에 스코틀랜드 왕

뱅코우　장군

맥다프
레녹스
로스
멘티이드　} 스코틀랜드의 귀족
앵거스
케이드네스

플리언스　뱅코우의 아들

시워드　노덤벌랜드 백작, 영국군의 장군

젊은 시워드　시워드의 아들

시이튼　맥베드의 휘하 장교

소년　맥다프의 아들

부대장

문지기

노인

영국 왕실의 전의

스코틀랜드 왕실의 전의

자객 3인

맥베드 부인

맥다프 부인

맥베드 부인의 시녀
세 마녀
헤커티 마술을 주관하는 지옥의 여신
환영(幻影)
기타 귀족들, 신사들, 장교들, 병사들, 시종들, 사자들

〈장소〉
스코틀랜드 및 영국

제 1 막

●

별들아, 빛을 감추어라! 빛이여, 나의
검고 깊은 야망을 비추지 말라. 눈이여, 손이 하는
일을 보고도 보지 않는 척하라.
— 4장 맥베드의 방백 중에서

제 1 장 황야

천둥과 번개. 세 마녀 등장.

마녀1 우리 셋이 또 언제 만나지? 천둥 울릴 때, 번개칠 때, 아니면 비가 퍼부을 때?

마녀2 북새통이 끝날 때지, 승패가 결판날 때 말야.

마녀3 그야 해지기 전에 결판이 날 텐데 뭐.

마녀1 그나저나 어디서 만나지?

마녀2 저 황야로 해.

마녀3 그래 거기서 맥베드를 기다리자.

이때 여기저기서 마녀들이 부리는 요괴들의 울음소리가 들려온다.

마녀1 곧 갈게, 회색 고양이야!

마녀2 두꺼비냐?

마녀3 곧 간다!

세 마녀 손잡고, 춤추면서 노래한다.

세 마녀 아름다운 것은 더러운 것, 더러운 것은 아름다운 것. 안개와 더불어 더러운 공기 속으로 날아가자. (안개 속으로 사라진다.)

제 2 장   포레스 부근의 진영(陣營)

안에서 비상신호소리(대북 소리 또는 트럼펫의 취주). 스코틀랜드의 당컨왕, 제1 왕자 맬컴, 제2 왕자 도날베인, 귀족 레녹스 및 시종들 등장. 다른 쪽에서 부상하여 피가 낭자한 부대장 등장.

당컨   누군고, 피가 낭자한 저 사람이? 저 모습을 보아하니 대역무도한 역도들의 근황을 말해 줄 수 있을 것 같다.

맬컴   소자가 포로가 될 뻔했을 때 용감하게 역도들을 무찔러 목숨을 구해준 부대장이옵니다……. 잘 왔소, 용감한 친구! 싸움터를 떠났을 때의 전황을 폐하께 소상히 아뢰오.

부대장   승패는 실로 가늠하기 어려운 판국이었습니다. 마치 두 사람이 헤엄치다 기진맥진해지면 허위적거리다가 서로를 붙잡고 늘어져 함께 익사하려는 듯하였습니다……. 저 잔인무도한 맥돈월드는 ―― 인간의 온갖 악덕을 한몸에 지닌 지옥의 야차 같은 역도인지라 ―― 서쪽의 여러 섬에서 보병과 기병 등 군사들을 조발했고, 그 때문에 운명의 여신도 한때는 그의 간살맞은 계책에 미소를 던지고 마치 반역도의 창녀가 된 듯 생각되었사옵니다. 하오나 반역배의 운수가 끝내 펴질 수는 없는 것, 용감한 맥베드 장군은 ―― 그 명장 이름에 걸맞게 ―― 운명을 무시하고 칼을 휘두를 때마다 피연기를 뿜으면서 진군하였습니다. 군신의 총아답게 적진을 깊이 뚫고 들어가 마침내 그 역적과 맞붙었습니다만, 악수고 고별의 인사고 할 틈도 없이 단칼에 적장의 배

22

꼽에서 턱까지 두 쪽으로 내고 그자의 목을 베어 우리측 성벽에 효수(梟首)해 놓았사옵니다.

덩컨 오 용감한 사촌! 과연 훌륭한 인물이로다!

부대장 태양이 떠오르는 동쪽에서 배를 태질하는 사나운 비바람과 무서운 천둥이 치듯이 행운이 솟구치는 듯한 샘에서 액운이 솟아올랐습니다. 진정하시옵소서, 폐하! 용기로 무장한 정의의 병사들이 혼줄이 빠져 패주하는 졸개들을 쫓고 있을 때 기회를 엿보고 있던 노르웨이 왕이 신예의 무기와 새로 보강한 병력을 가지고 공격해 왔사옵니다.

덩컨 그것을 보고 맥베드와 뱅코우 두 장군이 겁내지 않던가?

부대장 예. 참새가 독수리를, 또는 토끼가 사자를 만난 듯한 처지였습죠. 그러하오나 정직하게 사뢰옵자면 두 장군은 마치 탄약을 두 배나 잰 대포와도 같이 두 배의 강한 기세로 적군에게 뛰어들었사옵니다. 상처에서 쏟아지는 피로 목욕을 하려는 작심인지 아니면 또 해골의 언덕을 하나 만들려고 하는 건지 알 수 없는 판세였습니다. 아, 정신이 몽롱해집니다. 상처가 아파서 견딜 수가 없사옵니다.

덩컨 그대의 보고는 상처 못지 않게 훌륭하다. 용감한 명예의 향기를 내뿜고 있도다. (시종에게) 어서 전의를 불러주어라. (부대장, 부축을 받아 퇴장) (돌아다보며) 저 사람들은 누군고?

로스와 앵거스 등장.

맬컴 로스의 영주이옵니다.

레녹스 저 눈빛을 보아하니 조급증을 삭이지 못한 기색이옵니다! 무슨 심상치 않은 말씀을 아뢰옵고자 하는 것 같사옵니다.

로스 폐하의 만수무강을 비옵니다!

당컨 로스 영주, 어디서 오는 길이오?

로스 폐하, 파이프에서 오는 길이옵니다. 그곳에는 노르웨이 군의 깃발이 하늘을 뒤덮고 있어, 아군의 간담을 서늘하게 하고 있습니다. 노르웨이 왕은 불충한 역신 코오더 영주의 원군을 얻어 몸소 대군을 거느리고 맹렬한 공세를 가해 왔지만 군신 베로나 여신의 신랑이라 할 맥베드 장군은 갑옷을 몸에 두르고 맹장다운 용기를 발휘하여 칼에는 칼, 격투에는 격투로 엎어진 놈 뒤꼭지 밟듯 적장을 작살내어 마침내 승리는 아군에게 돌아왔사옵니다.

당컨 오, 크게 기쁜 일이로다!

로스 그렇게 되고 보니 노르웨이 왕 스웨노는 강화를 간청하고 있사옵니다. 그러나 아군측은 적이 당장 성 코옴섬에서 일만 달러를 헌납하지 않는 한 적군의 시체를 매장하는 것조차 엄히 금하고 있사옵니다.

당컨 다시는 코오더 영주가 과인에게 역심(逆心)을 품지 못하게 할 것이니라. 당장 그자를 참형에 처하라. 그자의 작위를 맥베드에게 수여하고, 어서 장군을 영접하라.

로스 분부대로 거행하겠습니다.

당컨 코오더가 잃은 것을 훌륭한 맥베드가 차지하였느니라. (모두 퇴장)

제 3 장 황량한 황야

천둥. 세 마녀 등장.

마녀1 언니, 어디를 갔었우?

마녀2 돼지를 때려 잡으러.

마녀3 언닌 어딜 갔었구?

마녀1 선장의 계집이 행주치마에 밤톨을 싸가지고 아그작아그작 먹고 있지 않겠어. "나에게도 줘"했더니 "꺼져버려 이 마녀야!"하고 뱃구레가 불룩한 빌어먹을 년이 고래고래 소리지르지 뭐니. 그년의 서방이 타이거 호의 선장인데 알레포에 가 있다구. 두고 보라지, 난 쳇바퀴 타고 날아가 꼬리 없는 쥐로 둔갑해서 진탕 골려줄 테다, 골려주고 말구, 어디 골탕 좀 먹어 봐.

마녀2 그럼 내가 타고 갈 바람을 줄까.

마녀1 친절도 하셔라.

마녀3 나도 바람을 줄게.

마녀1 그 나머지 바람은 다 내 수중에 있으니 바람이 부는 곳이라면, 뱃사람의 해도(海圖)에 실려 있는 어느 항구든, 아니 어느 곳이든 내 마음대로 몰고 갈 수 있어. 난 그년의 서방놈을 마른 풀같이 바싹바싹 소리가 나도록 말라 비틀어지게 할 테야. 밤이건 낮이건 그놈의 눈꺼풀 위에 잠이 깃들지 못하게 할 것이구. 그자가 저주를 받아 일곱 낮 일곱 밤을, 구구 팔십일로 곱해서 시달려 보라지, 아마 육신이 오

그라들고 마르고 시들어 버릴 거다. 배를 가라앉힐 순 없지만 폭풍우를 계속 불게 할 테야. 내가 가지고 있는 걸 보겠어?

마녀2 보여 줘, 보여 달라구.

마녀1 이건 귀국하는 도중에 파선 당해 죽은 뱃길잡이의 엄지손가락이야. (안에서 북소리)

마녀3 북소리다, 북소리! 맥베드가 온다.

세 마녀 손을 맞잡고 원형이 되어 춤을 추며 노래한다. 점점 빨리 돈다.

세 마녀 운명을 다스리는 우리 세 자매
바다가 천리든 물이 천리든
손에 손잡고 빙빙 돌아라
너도 세 번 나도 세 번
한번 더 세 번이면 아홉

쉿! 이제 주문이 걸렸다. (세 마녀 갑자기 멈춘다. 안개가 이들의 모습을 가린다)

맥베드와 뱅코우 등장.

맥베드 이렇게 침침하면서도 아름다운 날은 처음 보는군.

뱅코우 얼마나 남았을까요, 포레스까지는? (안개가 서서히 걷힌다. 그리고 뱅코우, 세 마녀를 발견한다) 아니 저것들이 뭐지, 저렇게 시들어빠진 것들이 해괴한 옷차림을 하고 아무리 뜯어 보아도 땅 위에 살고 있을 화상들이 아닌데 저기 서 있지 않는가? 너희들은 살아 있는 것들이냐? 인간의 말이 통하는 것들이냐? 너희들이 내 말을 알아듣는가 부다. 거칠게 튼 손가락을 시들어 버린 입술에 갖다 대는 것을 보니. 여자들 같은데 수염이 있으니 이거 참 알고도 모를 일이구나.

맥베드 말해 봐라, 말할 수 있거든. 무엇들이냐?

마녀1 맥베드 만세! 글래미스 영주 만세!

마녀2 맥베드 만세! 코오더 영주 만세!

마녀3 맥베드 만세! 장차 왕이 되실 맥베드! (맥베드 경악한다)

뱅코우 장군, 왜 그렇게 놀라시오? 귀에 거슬리는 말도 아닌데 두려워하는 기색이시지 않소? 대체 너희들은 허깨비냐, 아니면 눈에 보이는 그대로이냐? 나의 귀한 친구는 너희들로부터 현재의 직위로 인사 받고, 또 장차 영전의 축하와 앞으로 보위에까지 오를 거라는 예언을 받아 아닌 밤중에 홍두깨라 영문을 몰라 어리둥절하고 있다. 그런데 어찌하여 나에 대해서는 아무 말도 않는단 말이냐? 만일 너희들이 시간의 씨앗을 판별할 수 있어서 어떤 씨앗이 자랄 것이며, 어떤 씨앗이 자라지 않을 것인지 알 수 있다면 나에게도 말을 하라. 나는 너희들의 은혜를 바라지도 않거니와 너희들의 증오도 두려워하지 않는다.

마녀1 만세!

마녀2 만세!

마녀3 만세!

마녀1　맥베드만은 못하나 더 위대하도다.

마녀2　맥베드보다는 운이 좋지 못하나 더 큰 행운을 누릴 분.

마녀3　국왕이 되지는 못하나 대대로 자손이 왕이 되실 분. 그러니 영광 있으라, 맥베드 그리고 뱅코우!

마녀1　뱅코우와 맥베드 만세! (안개가 짙어진다. 세 마녀 사라지려고 한다)

맥베드　거기 섰거라, 너희들은 아리숭한 말만을 지껄이는구나, 확실히 말하라. 나의 선친 사이널의 서거로 내가 글래미스 영주가 된 것은 사실이지만 코오더 영주라니 무슨 얼토당토 않은 말이냐? 코오더 영주는 눈이 시퍼렇게 살아계시는 권세가이시다. 더군다나 내가 보위에 오르게 된다니 코오더 영주가 된다는 말보다 더욱 믿을 수 없는 일이다. 너희들은 어디서 그와 같은 해괴한 풍문을 들었는지 말을 하라. 대관절 무슨 꿍수로 이 적막(寂寞)한 황야에서 우리들의 길을 가로막고 그런 예언을 하며 간살을 떠느냐? 어서 말하라, 명령이다. (세 마녀 안개 속으로 사라진다)

뱅코우　땅에도 물거품이 있단 말인가, 저것들이 바로 그러한 요물단지로군. 어디로 꺼졌지?

맥베드　공기 속으로. 형체가 있는 것같이 보였는데 입김이 바람 속으로 녹아들 듯 깜쪽같이 사라지고 말았군. 좀더 붙잡아두고 싶었는데!

뱅코우　우리와 이야기하고 있던 그것들이 정말로 이곳에 있었을까? 아니면 우리가 이성을 마비시키는 미치광이 나무 뿌리라도 먹은 게 아닐까요?

맥베드 장군의 자손은 왕이 된다?

뱅코우 장군은 앞으로 왕이 되신다?

맥베드 코오더 영주가 된다고도 입방아를 찧었겠다. 그
랬지 않았소?

뱅코우 확실히 그렇게 말했지요. 저건 또 누구지?

로스와 앵거스(당컨왕의 사자로서)등장.

로스 맥베드 장군, 폐하께옵서는 장군의 승전 소식을 들
으시고 몹시 기뻐하시었소. 그리고 장군이 위험을 무릅쓰고
반란군을 상대로 용전하신 보고서를 읽으시고 혁혁한 전공
에 감동하시어 칭찬의 말문조차 막히셨습니다. 그리하여 그
날의 그 뒤 전황을 묵묵히 읽어내려 가시는데 이번에는 장
군께서 막강한 노르웨이 군의 진중에 뛰어들어 두려움의 기
색이 전혀 없이 무서운 시체의 산더미를 쌓아올리는 활약상
도 읽으셨습니다. 빗발같이 잇달아 들어오는 전령들은 모두
가 한결같이 입을 모아 나라의 명운을 구하신 장군에 대한
찬사를 폐하께 아뢸 뿐이었습니다.

앵거스 저희들은 다만 폐하의 치하의 말씀을 장군께 전
하고, 장군을 어전까지 모시러 왔을 뿐입니다. 은상은 폐하
께서 친히 하사하실 것입니다.

로스 그 밖에 더 큰 영예의 은전은 폐하께서 장군을 코오
더 영주로 부르시라는 하명이 있으셨습니다. 그 이름으로 축
하 올립니다. 코오더 영주! 그 칭호는 장군의 것입니다.

뱅코우 으음, 마녀들의 말이 이처럼 맞아떨어질 수가?

맥베드 코오더 영주는 생존해 있지 않소. 어째서 나에게

남의 옷을 입히려 하십니까?

　앵거스　장군 말씀대로 살아 있긴 하지만 중한 형을 받게 되어 그 목숨이 경각에 놓여 있습니다. 그가 과연 노르웨이 군과 통정했는지 또는 은밀히 모반을 원조했는지 또는 그 두 가지를 다 범하여 종묘사직을 망칠 역모를 꾀하였는지 저는 알 수 없습니다. 하오나 대역의 죄를 이미 자백하였고, 입증도 되어서 그의 파멸은 기정사실입니다.

　맥베드　(방백) 글래미스, 그리고 코오더의 영주라. 그러나 제일 큰 것이 아직 남아 있다.──(로스와 앵거스에게 큰 소리로) 수고들 하셨소이다. (뱅코우에게 방백) 장군의 자손들이 왕이 된다는 것도 믿을 만하게 됐지 않았소? 나에게 코오더 영주를 예언한 것들이 당신에게 그러한 약속을 하였으니 말입니다.

　뱅코우　(맥베드에게 방백) 그 말을 고지식하게 듣다간 황새 논두렁 넘보듯 코오더 영주뿐 아니라 왕관을 넘보게 됩니다. 어쨌든 이상한 일이로군. 지옥의 앞잡이들은 우리들을 함정에 처넣으려고 하찮은 일에 진실을 말해주며 사람을 유혹하고는 마지막 가장 중요한 찰나에 함정으로 빠트리려고 하지요. 두 분, 저하고 이야기 좀 합시다. (이렇게 말하자 로스와 앵거스는 뱅코우 쪽으로 가까이 간다)

　맥베드　(방백) 두 가지는 맞아떨어졌다. 왕위를 주제로 한 웅대한 연극의 서막은 행운이 깃들었구나. (두 사람에게 큰 소리로) 수고들 하셨습니다. (방백) 이 괴이한 징조는 나에게 좋을 것도 없고 나쁠 것도 없으렸다. 만일 그것이 나쁜 일이라면 왜 먼저 진실을 예언해 주어 나에게 성공의 확신을 안겨 주었는가. 이미 나는 코오더 영주가 되지 않았는가. 좋은 일이라면 왜 이런 엄청난 유혹으로 가슴 섬뜩한 그 환영이 눈앞에 어리고 나의 머리털을 이처럼 빳빳이 서게 하는가? 평온했던 나의 심장은 왜 자연의 순리에 맞지 않게 숨 가쁘게 나의 갈빗대를 방망이질 한단 말인가? 현재의 두려움은 상상되는 미래의 공포에 비하면 별것도 아니다. 지금은 시역을 상상하고 있다 뿐인데 그 때문에 나는 마음의 평형을 잃고 여러 가지 억측으로 질식되어 공허한 환영만이 눈에 보이는구나.

뱅코우　(로스와 앵거스에게) 저것 좀 보시오. 내 전우가 넋빠진 듯 생각에 잠겨 있소.

맥베드　(방백) 만일 내가 왕이 될 운명이라면 내가 손쓸 것도 없이 운명은 내 머리 위에 왕관을 씌워 줄 게 아닌가?

뱅코우　(로스와 앵거스에게) 새로 얻은 영예는 입어본 적 없는 옷을 걸친 것 같아 한참 입고 나야지, 몸에 쉽사리 잘 맞지 않는 법.

맥베드　(방백) 될 대로 되라, 비바람이 몰아쳐도 시간은 간다.

뱅코우　맥베드 장군, 자 가십시다.

맥베드　미안합니다. 잊었던 일을 생각하느라고 정신이 없었나 봅니다. 두 분의 수고는 마음 속에 새겨 매일같이 되새기도록 하겠소……. 자, 폐하를 배알하러 가십시다. (뱅코우에게) 오늘 일은 저버리지 마시고 곰곰이 생각해 보십시다. 아무튼 후일 숙고하여 서로 가슴을 터놓고 이야기하기로 합시다.

뱅코우 그럽시다.

맥베드 오늘은 이만하고……자, 다들 갑시다. (모두 퇴장)

제 4 장   포레스. 왕궁의 한 방

트럼펫의 화려한 취주. 당컨왕, 맬컴, 도날베인, 레녹스, 시종들 등장.

당컨 코오더의 사형은 집행되었는가? 집행관들은 아직도 돌아오지 않았느냐?

맬컴 폐하, 아직 돌아오지 않았습니다. 그러하오나 코오더의 임종을 목격한 사람의 말에 의하면 그는 대역죄를 솔직히 고백하고 깊이 참회하며 폐하의 대사(大赦)를 애원하였다 합니다. 그의 최후야말로 그의 일생을 통하여 가장 늠름했다고 합니다. 마치 죽음을 미리 각오하고 있었던 사람처럼 가장 귀한 목숨을 초개처럼 의연히 버리고 숨을 거두었다 합니다.

당컨 열 길 물 속은 알 수 있어도 두 치 가슴 속은 알 수 없는 법. 과인은 그자를 절대적으로 신임했었다만.

맥베드, 뱅코우, 로스, 앵거스 등장.

오 공훈이 큰 사촌! 지금도 과인은 장군에 대한 망은의 죄, 가슴 무겁게 느끼고 있는 바요. 장군의 무훈이 너무나 앞질러 가기 때문에 아무리 빠른 은상의 날개라도 따를 길이 없소. 차라리 장군이 무훈을 덜 세우기만 했더라도 감사와 보상을 상응되게 하기가 쉬웠을 터이오! 어쨌든 과인이 어떠한 은상을 내려도 장군의 무훈에 비하면 보잘것없는 것이라

하지 않을 수 없소.

맥베드 신은 오로지 충절을 다할 뿐이옵니다. 또한 충절을 다할 수 있다면 그로써 이미 신은 보상을 받은 것이라 생각하나이다. 폐하께서는 신들의 의무를 받아들이시기만 하시면 되옵니다. 신들은 왕실의 자손이자 국가의 충복으로서 폐하에 대한 공경과 충절의 마음으로 최선을 다하여 받들어 모시는 것이 신하의 도리가 아닌가 생각하나이다.

당컨 잘 왔소. 과인이 이 손으로 나무를 키우듯 장군이 잘 커 나가도록 힘쓰겠소. (뱅코우에게) 뱅코우 장군, 장군의 공적도 맥베드 장군 못지 않소. 그 못하지 않음을 세상이 다 알아야 할 것이오. 자, 이 가슴에 꽉 그대를 포옹하게 하오.

뱅코우 폐하의 품안에서 신이 결실을 맺는다면 그 수확은 폐하 것이옵니다.

당컨 과인의 기쁨이 너무나 벅차 슬픔의 눈물 속으로 자취를 감추려고 하는구료……. 두 왕자, 근친들, 영주들, 그리고 과인과 친근한 모든 이들이여, 차제에 과인은 맏아들 맬컴을 세자로 책봉하고 금후 그를 캄벌랜드 공이라 부르도록 할 것이오. 이 영예가 어찌 왕자에게만 그칠 것인가. 모든 공신의 머리 위에도 영예의 표시가 샛별처럼 빛나게 하리다. (맥베드 등에게) 이제부터 인버네스 성으로 갈 것인즉 장군의 수고를 끼쳐야겠소.

맥베드 폐하를 위하는 소용이 되지 못하면 휴식이 도리어 고통이 됩니다. 신이 선발대가 되어서 폐하의 행차를 신의 처에게 알리어 기쁘게 하겠나이다. 그럼 먼저 물러가나이

34

다.

당컨 훌륭한 코오더여!

맥베드 (방백) 캄벌랜드 공이라! 이 단계가 내가 고꾸라
지느냐 아니면 잘 뛰어넘느냐의 갈림길이구나, 나의 길목을
가로막고 있으니 말이다. 별들아, 빛을 감추어라! 빛이여, 나
의 검고 깊은 야망을 비추지 말라. 눈이여, 손이 하는 일을
보고도 보지 않은 척하라. 무슨 술수를 써서라도 해치워야
한다. 하지만 일단 내가 저지른 일을 눈이 보게 된다면 질겁
을 해 혼절을 할 것이다. (퇴장)

당컨 (뱅코우에게) 뱅코우 장군, 사실이오. 맥베드 장군
이야말로 천하에 둘도 없는 용장이오. 그에 대한 칭송을 들
으면 들을수록 과인은 마치 진수성찬을 받은 것처럼 기쁘기
한량 없소. 그를 따라갑시다. 그는 과인을 환영하기 위한 심
려로 먼저 달려 갔나 보오. 근친 중에서도 비할 데 없이 훌
륭한 인물이오. (트럼펫의 화려한 취주. 모두 퇴장)

제 5 장   인버네스. 맥베드의 성 한 방

맥베드 부인, 편지를 읽으면서 등장.

맥베드 부인   (읽는다) 내가 그들을 만난 것은 개선하는 날이었소. 그 후에 확신을 갖게 되었지만 그들은 인간 이상의 불가사의한 지혜를 가지고 있다는 것을 알았소. 나는 좀 더 자세히 알아보고 싶은 마음 불길 같았으나 그들은 홀연히 대기 속으로 사라져 버리지 않았겠소. 너무나 신기하고 놀라운 일이어서 멍청히 서 있는데 폐하의 사신들이 와서 날 "코오더 영주"라고 부르면서 축하를 하지 않겠소? 앞서 그 괴기한 마녀들이 이 칭호를 가지고 나에게 인사를 하면서 또 그들은 나의 장래를 축하하며 "장차 왕이 되실 분 만세!" 하고 예언하였소. 약속 받은 영광을 함께 나누어야 할 당신이 그 기쁨을 알지 못하여 당신이 혹시나 그 기쁨을 잃는 일일랑 없도록 나는 나의 생의 반려자인 당신에게 알리는 것이 좋다고 생각하였소. 그런즉 이 일은 당신 가슴 깊이 간직해 두시오. 이만 줄이오.

당신은 벌써 글래미스 영주, 또한 코오더 영주가 되었으니까 예언대로 왕위에도 오르게 될 것입니다. 그러나 나는 당신의 성품이 염려됩니다. 당신은 지름길을 취하기에는 너무나 인정이 많으십니다. 대망도 있고 야망이 없는 것도 아니면서 그것을 성취하는 데 꼭 있어야 하는 부정한 수단을 사용하려고 하지는 않아요. 무한한 욕망이 있으면서도 고상한 수단으로 성취하려 하시지요. 부정한 짓을 하려고 하지도 않으면서 부정한 것을 얻으려고 해요. 글래미스 영주님, 당신이 수중에 갖고 싶어하는 것은 "이것을 갖고 싶거든 이렇게 해야 한다"고 외치고 있어요. 그러나 당신에게는 실행하고 싶지 않은 것이 아니지만 그것을 실행할 용기가 없는 거예요. 자 어서 빨리 돌아오세요. 저의 강한 정신을 당신 귓속에 퍼부어 드리겠어요. 그리하여 운명과 초자연의 힘이 당신에게 씌워 주려는 황금의 왕관을 방해하는 모든 것을 저의 혀의 힘으로 쫓아 버리겠어요.

　　사자 한 사람 등장.

무슨 전갈이냐?

　　사자　오늘밤 폐하께서 이곳에 거동하시옵니다.

　　맥베드 부인　무슨 얼나간 소리냐! 너의 주인은 폐하와 함께 계시지 않더냐? 그렇다면 준비를 하라고 미리 알렸을 것이다.

　　사자　황송하옵니다만 사실이옵니다. 영주님께서도 이곳으로 돌아오고 계십니다. 동료 중 한 사람이 앞질러 달려와서 숨이 턱에 닿아가지고 겨우 이 전갈을 알려줬습니다.

　　맥베드 부인　저 사람을 잘 돌보아 주어라. 굉장한 소식을 가져왔다. (사자 퇴장) 까마귀까지도 당컨이 사자밥을 짊어지고 이 성에 와서 죽으려 든다고 목쉰 소리로 알리고 있다…… . 무서운 음모에 끼여든 악령들이여, 어서 와서 날 나약한 여자로부터 벗어나게 해다오, 머리 꼭대기에서 발끝까지 잔인한 마음으로 가득 채워다오! 나의 피를 응결시켜 연

민의 정으로 통하는 길목을 끊어, 그래서 동정이라는 자연의
정이 동하여 나의 흉악한 계획을 좀먹지 않게 해다오. 또한
살인과 잔인한 결심이 서로 손을 맞잡아 이 일을 뭉개버리
지 않게 해다오! 자, 살인의 앞잡이들아, 이 여자의 가슴팍
으로 파고들어 내 달콤한 젖을 쓰디쓴 담즙으로 바꾸어 다
오. 너희들은 보이지 않는 형체로 어디서나 인간의 흉사를
거들어 주고 있지 않느냐! 어두운 밤아, 깃을 펼쳐 지옥의
시커먼 연기로 널 뒤덮어라, 나의 날카로운 단도가 찌르는
상처를 보지 못하도록. 그리고 하늘이 암흑의 장막을 헤치고
얼굴을 내밀면서 "안된다! 안된다!"하고 외치지 않도록 하
여라.

　맥베드 등장.

위대하신 글래미스님! 훌륭하신 코오더님! 미래의 예언에
의할 것 같으면 그 두 가지보다 훨씬 존귀한 몸이 되실 분!
당신의 편지를 읽고 나서 아무것도 모르고 있던 현실을 떠
나, 이 순간 황홀한 미래를 호흡하고 있습니다.
　맥베드　사랑하는 부인, 오늘밤 당컨왕이 이 성에 납실 것
이오.
　맥베드 부인　그리고 언제 떠나시구요?
　맥베드　내일이오, 예정대로라면.
　맥베드 부인　오, 태양은 눈이 멀어 결코 내일을 보지 못할
것입니다! 영주님, 당신의 표정은 수상한 것이 적혀진 책만
같아요. 세상 사람들을 속이기 위해서라면 그 사람들과 같은
표정을 지으셔야 됩니다. 따스한 눈길로 손을 맞잡으며 환영

38

의 말을 늘어놓아 반가운 내색을 하세요. 겉으로는 순진한 꽃처럼 보이게 하시고 그 속에 또아리 튼 뱀이 들어 있게 하세요. 오실 손님을 맞이할 준비를 해야죠. 오늘밤의 큰 일은 만사 제게 맡겨 주세요. 우리들이 남은 긴긴 세월에 지존의 대권을 얻느냐 못 얻느냐의 결판을 내는 일인 걸요.

맥베드   이따 더 의논합시다.

맥베드 부인   그저 밝은 표정을 지으세요. 곤혹한 안색을 보이는 것은 두려움이 있다는 증거입니다. 만사는 제게 맡겨 두세요. (두 사람 퇴장)

제 6 장 포레스. 맥베드의 성 앞

오보에 소리. 당컨, 맬컴, 도날베인, 뱅코우, 레녹스, 맥다프, 로스, 앵거스 및 시종들 등장.

당컨 이 성은 경관(景觀)이 좋은 곳에 자리잡았으며, 공기가 맑고 부드러우니 과인의 기분도 상쾌하도다.

뱅코우 여름의 길손인 제비가 사원을 들락거리며 부지런히 집을 짓는 것만 보아도 이 부근의 공기가 향기롭다는 것을 알 수가 있사옵니다. 추녀 끝, 서까래 옆 벽받침, 그 밖에 편리한 구석구석에 제비들이 잠자리를 달아매고 새끼를 기르는 요람을 만들지 않는 곳이 없사옵니다. 저 새들이 새끼를 잘 치고 많이 드나드는 곳은 공기가 좋은 곳인가 하옵니다.

맥베드 부인 등장.

당컨 보아라, 봐! 안주인이 나타났다! (맥베드 부인에게) 호의도 귀찮게 뒤따르면 때로는 오히려 성가신 법. 그러나 호의란 항상 기쁘기 마련이오. 이렇게 들이닥쳐 부인께 수고를 끼치게 되지만 그건 과인의 행운을 축원하고저 하는 것이니, 수고도 기쁘게 받아 주기 바라오.

맥베드 부인 저희 내외의 봉사는 두 곱을 하고 또 두 곱을 한다 하여도 폐하께서 저희 집에 내려 주신 깊고 넓으신 광영에 비하면 극히 보잘것없는 것입니다. 종전의 작위에다 이번에 또 작위를 제수하시니 그 은혜 망극하옵니다. 다만 폐하의 만수무강하심을 축원할 따름이옵니다.

당컨 코오더 영주는 어디 있소? 과인이 즉시 뒤쫓아 온 것은 장군보다 앞질러 와서 그를 맞이할 심산이었는데 워낙 장군이 승마에 능한데다가 충성심이 박차를 가하여 과인보다 앞서 오게 되었소. 부인, 오늘밤 댁에서 폐를 끼쳐야겠소.

맥베드 부인 폐하의 충복인 저희들은 항상 저희들 가문, 저희들 자신, 그리고 저희의 재산 모든 것이 다 폐하로부터 빌어 가지고 있는 것입니다. 폐하의 분부가 계시는 대로 언제나 반환할 것이옵니다.

당컨 자, 손을 이리 주오. 과인을 주인께 안동하오. 과인은 장군을 극진히 총애하고 있소. 앞으로도 변치 않을 것이오. 부인, 그러면 부탁하오. (당컨왕이 맥베드 부인의 손을 잡고 나란히 들어간다. 다른 사람들도 따라 퇴장)

제 7 장   맥베드의 성 안의 안뜰

노천. 좌우에 두 개의 문. 좌측 즉 남쪽 문이 성 밖으로 통하는 출입
구. 우측 문은 성 안의 방으로 통하고 있다. 이 두 개의 문 사이 복
도에 커튼이 쳐진 후미진 곳이 있고 제3의 문으로 통하고 있다. 커
튼을 열면 그 사이로 2층으로 오르는 층계가 보인다. 측면의 벽에
벤치와 탁자.
오보에 소리. 횃불. 하인 반장이 몇 사람의 하인들을 데리고 등장.
안뜰을 가로질러 식기류 등을 나른다. 이들이 우측 문으로 해서 나
올 때 연회장에서 떠들썩한 소리가 새어 나온다. 이윽고 같은 문으
로 맥베드 등장.

맥베드   (방백) 단번에 해치워 끝장을 볼 수 있다면 당장
해치우는 것이 좋다. 왕의 암살이 모든 것을 그물을 거두어
들이듯 아퀴를 지을 수 있다면 이 일격이 요체가 되어 그것
이 이승에서의 기슭과 시간의 여울의 끝장이 된다면 저승을
생각해서 뭣하랴. 그러나 이런 일이라는 것은 항상 이 현세
에서 심판을 받게 되는 법———. 누구에게든 피비린내 나는
악행을 가르치면 그 인과(因果)는 반드시 응보(應報)하여
가르친 자가 다시 당하게 된다. 정의의 여신은 독주의 잔을
그것을 따른 자의 입술에 같은 독주를 퍼붓는다. 왕은 날 이
중으로 믿고 이곳에 온 것이다. 첫째로 나는 왕의 근친이며
신하이다. 그러니 어느 모로 보나 내가 모살을 꾀할 것이라
고는 생각할 수 없다. 둘째로는 내가 이 집 주인이므로 자객

의 침입을 막아 지켜줄 것으로 믿을 거다. 하물며 나 자신이 칼을 든다는 것은 꿈엔들 상상할 수 있겠는가? 그뿐만 아니라 저 당컨은 온후한 군덕을 가진 국왕으로서 그 직책을 훌륭히 수행하고 있다. 그러니 그를 시해하는 대역을 행한다면 그의 인덕(仁德)은 천사가 부는 나팔처럼 대역무도한 악행을 만천하에 호소하는 것이 되지 않겠는가. 그리하여 세상의 동정은 광풍을 탄 벌거숭이 갓난애기 또는 눈에 띄지 않는 하늘의 준마를 탄 동자처럼 무서운 악행을 만인의 눈 속에 불어넣어 폭풍마저 누그러뜨릴 눈물을 억수로 쏟게 할 것이다. 이렇게 생각하면 내가 하고 있는 이 계획을 자극할 박차는 하나도 없지 않은가. 다만 날뛰는 야심이 지나치게 뛰어오르다가 엉뚱한 쪽으로 떨어지려고 하고 있을 뿐이다.

맥베드 부인 등장.

웬일이오, 무슨 일이라도 생겼소?

맥베드 부인 폐하께서 수라를 곧 물리실 거예요. 왜 당신은 먼저 나오셨어요?

맥베드 날 부릅디까?

맥베드 부인 그것도 모르셔요?

맥베드 그 일은 더 이상 진행하지 맙시다. 폐하께서 바로 얼마 전에 나에게 새로운 영예를 베풀어 주셨소. 어디 그뿐이오. 높고 낮은 모든 사람이 나를 존경하고 있지 않소. 겨우 새로 얻은 금박이 옷을 몸에 걸치지도 않고 벗어던질 순 없소.

맥베드 부인 그럼 당신 몸에 지녔던 그 야망은 곤드레만

드레가 돼버렸단 말인가요? 깊은 잠에 폭 빠졌나요? 이제 잠에서 깨어보니 그전에는 천연스럽게 직시할 수 있었던 것을 파랗게 질린 눈으로 보게 되었다 이 말씀인가요? 오늘부터 당신의 애정을 그런 것으로 간주하겠어요. 왜 당신은 열렬히 희망하면서도 그 일을 용감히 실행할 수 없는 거죠. 일생의 귀중한 장식품이 될 것을 가져보겠다고 소망하면서도 스스로를 겁쟁이라 단정짓고 "다리는 적시지도 않고 물고기는 먹고 싶다"는 고양이의 심보처럼 "소망한다"고 하면서도 결국은 "나는 안돼"하고 녹녹해진단 말입니까?

  맥베드 제발 조용히 해요. 나는 사나이가 할 일이라면 무엇이든지 할 것이오. 그렇지만 도가 지나치면 사람이 아니오.

  맥베드 부인 그러면 아까 이 일을 털어놓았을 때엔 당신은 당신이 아니고 무슨 짐승이었나요? 당신이 대담하게 털어놓았을 때에는 당신은 훌륭한 남자였어요, 아니 그 이상의 것을 함으로써 당신은 더욱 남자답게 되는 거예요. 그때는 당신은 때와 장소가 다 허술했어도 달군 쇠도 삼킬 듯한 결의를 보였어요. 그런데 지금은 그 두 가지가 다 갖추어져, 누운 소 타기인데도 의기를 죽이시느냔 말예요. 저는 애기에게 젖을 먹인 일이 있어서 젖을 빠는 애기가 얼마나 귀여운가를 잘 알고 있습니다만, 제가 당신처럼 맹세를 하였다면 어린 것이 제 얼굴을 쳐다보고 방글방글 웃을지라도 전 말랑말랑한 잇몸에서 강제로 젖꼭지를 잡아 빼고 태질을 쳐서 머리통을 부셔 버릴 수 있다구요.

  맥베드 만일 실패한다면?

44

맥베드 부인 실패라뇨? 용기를 있는 대로 내 보세요. 그러면 실패란 있을 수 없어요. 당컨이 곤히 잠들면 ——— 오늘의 고된 여행길은 잠을 잘 자게 할 거예요. ——— 저는 호위병에게 포도주를 퍼먹이며 축배를 거듭하게 하지요. 그러면 두뇌의 문지기, 기억력은 연기처럼 몽롱하게 되고, 이성의 그릇도 증류관같이 되어 버린다구요. 그것들은 술에 곯아 떨어져 돼지같이 잠이 들 테죠. 그렇게 되면 우리 두 사람은 호위없는 당컨에게 무슨 일인들 못하겠어요? 이 대역의 죄는 술에 곯아 떨어진 호위병들에게 덮어씌울 수 있지 않겠어요?

맥베드 당신이란 여잔 남자만 낳으라구! 그 담대한 기질로는 남자밖에 낳지 못할 거요. 옳지, 이러면 어떨까, 같은 방에서 자고 있는 사람에게 피를 칠해 주고 그리고 단도도 그자들이 사용한 걸로 해 두면 그것들의 소행으로 보일 게 아니겠소?

맥베드 부인 누구라 감히 그걸 의심할 리 있겠어요? 우리들이 소리높여 왕의 변사를 통곡하고 떠들어댄다면?

맥베드 내 결심했소. 혼신의 힘을 짜내어 이 무서운 일을 해내고야 말겠소. 자 저리로, 우리 부드러운 표정으로 사람들을 속입시다. 속으로 컴컴한 칼을 갈고 있을 때에는 가면으로 감추어야 되느니. (두 사람 연회장으로 다시 들어간다)

제 2 막

도대체 밤의 기세가
등등해서인지 아니면 낮이 수줍어
해서인지 밝은 햇빛이 이 땅을 비춰야 할 시각에
이처럼 어둠이 깔려 있으니 웬일입니까?
―4장 로스의 대사 중에서

제 1 장 맥베드 성의 안뜰

무대 후면으로부터 뱅코우와 횃불을 들고 앞에 선 플리언스 등장. 문을 열어둔 채 무대 전면으로 나온다.

뱅코우 애야, 밤이 깊었는데 몇 시쯤 됐느냐?

플리언스 (하늘을 쳐다보며) 달은 졌습니다만 시계 치는 소린 못 들었습니다.

뱅코우 달은 자정에 진다.

플리언스 자정은 지난 것 같습니다.

뱅코우 애, 내 검을 좀 갖고 있어라……. 하늘도 참 인색하시지, 별빛 하나 볼 수가 없구나……. (단검을 찬 허리띠를 푼다) 이것도 좀 갖고 있어. 졸음이 납덩이같이 내 눈을 짓누르지만 자고 싶지는 않다. 자비로운 천사들이여, 꿈 속에 뛰어드는 사악한 망상을 운신 못하게 해다오! (무언가에 놀란다) 검을 다오.

맥베드 횃불을 든 시종 한 사람을 데리고 우측 문으로 등장.

누구냐?

맥베드 친구요.

뱅코우 아이구, 장군께서 아직도 안 주무셨군요? 폐하께서는 침상에 드셨습니다. 오늘은 매우 흡족하신 모양이시며, 장군 댁 종복들에게 많은 선물을 하사하셨습니다. 또 극진한 대우를 받은 감사의 표시로 이 다이아몬드를 장군 부인께

하사하셨소이다. 폐하께서는 오늘 하루를 매우 흔쾌히 지내셨습니다.

맥베드 불시의 일이라 만사가 뜻대로 되지 않아 부족한 것뿐이어서 황공할 뿐이오. 그렇지 않았으면 마음껏 환대를 해 드렸을 것입니다만.

뱅코우 그 무슨 말씀이오, 다 잘 되었소. 간밤에 난 요상한 세 마녀의 꿈을 꾸었지요. 그것들이 장군께 한 말은 얼추 맞아떨어졌군요.

맥베드 아, 깜빡 잊었군요. 한 시간쯤 말미를 낼 수 있다면 그 일을 조용히 의논하고 싶소. 장군 형편은 어떻소?

뱅코우 언제든지 좋소이다.

맥베드 기회가 왔을 때 날 지지해 주시면 장군께도 기필코 영예가 돌아가리다.

뱅코우 영예를 탐하려다가 쓰다 버린 지팡이 신세가 된다면 곤란하지만 마음에 거리낌없이 충성심을 지킬 수 있다면 언제라도 상의에 응하리다.

맥베드 그럼 편히 쉬시오!

뱅코우 고맙소, 장군께서도! (뱅코우와 플리언스 그들의 방으로 물러간다)

맥베드 마님께 가서 밤술이 준비되면 종을 울리시라고 여쭈어라. 그리고 너도 가서 자라. (하인 퇴장. 맥베드 탁자 앞에 앉는다. 그때 허공에 단검이 떠 있는 것을 보고 경악한다) 눈앞에 보이는 저것이 단검이 아닌가, 칼자루가 내쪽을 향해 있지 않은가? 자 잡아보자! 잡히지 않는구나, 그런데도 눈에는 보이고. 오 불길한 환영아, 눈에는 보여도 손에는 잡히

50

지 않는다니? 너는 단지 마음이 보여 주는 단검이란 말이냐, 아니, 너는 열 받은 머리가 빚어낸 환각에 지나지 않느냐? 또 보인다, (칼집에서 자기의 단검을 뽑는다) 지금 내가 잡아 뽑은 이 단검과 흡사하구나. 넌 내가 가려던 방향으로 날 인도하려는 것이냐, 그렇다, 내가 쓰려는 무기가 바로 너다! (일어선다) 내 눈이 다른 감각들로 해서 탈이 생겼단 말인가, 아니면 눈만이 온전하다는 거냐? 또 다시 보인다. 어찌 된 일인가, 칼날과 칼자루에 전에 보이지 않던 피가 엉겨붙어 있으니. 그럴 리가 없다. 피비린내나는 흉계가 내 가슴 속에 도사리고 있어 내 눈에 그렇게 어른거렸나 부다…….. 지금 이 세상의 반은 죽은 듯이 고요하고 커튼 속에 든 잠은 악몽에 부대껴 신음하고 있다. 마녀들은 창백한 헤커티에게 제물을 바치고 초췌한 자객은 파수꾼인 늑대의 울음소리에 일깨워져, 타아퀸이 루크리스를 겁탈하러 가던 걸음거리로 발소리를 죽여가면서 눈독들인 먹이를 향해 유령과 같이 다가간다. 그대 요지부동한 대지여, 내 발걸음이 어디로 향하든 그 소리를 듣지 말라, 발부리의 조약돌도 내가 가는 곳을 지껄여 행여 현재의 장면에 어울리는 이 몸서리치는 적막을 깨뜨려서는 아니 된다. 내가 혀끝으로 위협한다고 당컨이 죽을 리 없다. 말은 실행의 열기에다가 냉냉한 입김을 불어넣어 줄 뿐이다. (안에서 종이 울린다) 가자, 내가 가면 끝장이 난다. 종소리가 날 부른다. 듣지 말라, 당컨이여, 저것은 그대를 천당에, 아니면 지옥으로 꼬드기는 임종의 종소리다. (열려 있는 후면 문으로 발소리를 죽여 살금살금 들어가서 한발한발 층계를 올라간다)

제 2 장   맥베드 성의 안뜰

맥베드 부인 우측 문에서 등장. 손에 잔을 들고 있다.

맥베드 부인   그것들을 취하게 만든 이 술이 날 대담하게 하였다. 술은 그자들을 잠들게 했고 내겐 불을 붙여 주었다. (사이) 무슨 소리지! 가만. 부엉이 우는 소리 같다. 너는 이 악스럽게도 마지막 작별을 알리는 불길한 야경이더냐. 지금 그이는 그 일을 단행하고 계실 거다. 문은 열어 놨고 만취한 호위병들은 자기들의 직무를 조롱하듯 코를 골고 있다. 내가 밤술에 약을 타지 않았는가. 삶과 죽음이 놈들의 목덜미를 잡아채고 살릴 것이냐 죽일 것이냐 하고 밀고 당기고 다투고 있을 것이다.

맥베드   (안에서) 누구냐? 뭣이냐?

맥베드 부인   어쩐담! 저것들이 깨어난 게 아닐까, 결판을 내기 전에. 시작해 놓고 매듭을 짓지 못하면 우린 영영 파멸이다. 저 소린! 난 그자들의 단검을 내놓았는데 설마 그이가 못 본 건 아니겠지. 왕의 잠자는 얼굴이 내 아버질 닮지 않았던들 내가 해치웠을 거다.

맥베드 부인 돌아서서 층계로 올라가려 할 때 2층 입구에 나타난 맥베드를 본다. 그의 양팔은 피범벅이 되어 있고 왼손에 두 자루의 단검을 쥐고 있다. 그는 휘청거리며 걸어온다.

여보!

맥베드 (낮은 소리로) 해치웠소……. 소리 듣지 못했소?

맥베드 부인 부엉이와 귀뚜라미 우는 소리밖에 못 들었어요. 무어라고 말씀 안 하셨어요?

맥베드 언제?

맥베드 부인 방금.

맥베드 내려올 때 말이오?

맥베드 부인 예.

맥베드 들어봐! (두 사람 귀를 기울인다) 옆방에서 자는 자가 누구요?

맥베드 부인 도날베인이에요.

맥베드 이 무슨 비참한 꼴인가. (피묻은 손을 들여다본다)

맥베드 부인 그 무슨 소리에요, 비참하시다니.

맥베드 한 놈은 자면서 웃고 있었고, 또 한 놈은 "살인이야!"하고 외쳤소. 그러고선 두 놈이 눈을 뜨더군. 난 그 자리에 못박혀 서서 듣고 있었더니, 두 사람은 기도를 올리고선 다시 잠들고 말았소.

맥베드 부인 거기에 두 사람이 같이 자고 있었을 텐데.

맥베드 한 놈이 "하느님 우리에게 자비를!"하고 기도하자 또 한 놈은 "아멘"이라고 하더군. 놈들이 이 자객의 손을 보았던 게지. 그런데 "하느님 우리에게 자비를"하고 웅얼거리는 소리를 듣고도 난 "아멘"이라는 소리가 입에서 떨어지지 않았소.

맥베드 부인 너무 심각하게 생각하지 마세요.

맥베드 왜 난 "아멘" 소리를 하지 못했을까? 나야말로 하느님의 구원이 필요했는데. "아멘" 소리가 목에 걸려 나오질 않다니.

맥베드 부인 이런 일은 그런 식으로 생각해서는 아니 됩니다. 그러다간 미치게 됩니다.

맥베드 어디에서인지 외쳐대는 소리가 들려오는 것 같았소. "더 이상 잠을 못 잔다! 맥베드는 잠을 죽였다"고——. 저 맑고 깨끗한 잠, 엉클어진 심로의 실타래를 풀어 주는 잠, 그날 그날의 생명의 죽음, 노고(勞苦)를 풀어 주는 목욕, 마음의 상처를 치유해 주는 영약(靈藥), 대자연이 베풀어 주는 제2의 생명, 생명의 향연에 중요한 자양물인 잠을——.

맥베드 부인 무슨 말씀을 하시는 거예요?

맥베드 온 집안을 향해 외치고 있었소, 더 이상 잠잘 수 없다! 글래미스는 잠을 죽였다. 그러니까 코오더는 더 이상 잠잘 수 없다. 맥베드는 더 이상 잠을 잘 수 없다!

맥베드 부인 누가 그 따위 소릴 했어요? 이것 보세요, 여보, 기왕 저지른 일 그런 식으로 어리석게 생각하시면 당신의 훌륭한 담력을 잃게 돼요. 어서 물로 더러운 손의 핏자국을 씻어 증거를 지워 버리세요. 왜 이 단도들을 가지고 오셨어요? 거기 놔두지 않구. 어서 도로 가지고 가서 잠자는 호위병들에게 피를 뭉개 놓으세요.

맥베드 난 더는 못 가오. 내가 저지른 일을 생각하니 소름이 끼치오. 난 두 번 다시 볼 순 없소, 진저리가 나오.

맥베드 부인 원 그렇게 속내가 약해서야! 단도를 이리 주세요. 잠자는 사람이나 죽은 사람은 화상(畫像)과 매한가지예요. 어린애나 그림에 그린 악귀를 보고 무서워하는 거죠. 아직도 피를 흘리고 있으면 경호원들 얼굴에 피범벅을 해주겠어요. 죄를 뒤집어씌울 수 있게요. (퇴장. 안에서 문 두드리는 소리)

맥베드 이게 어디서 나는 소린가? 웬일일까, 자라 보고 놀란 가슴 솥뚜껑 보고 놀란다고 무슨 소리가 나도 깜짝깜짝 놀라게 되지 않는가? 이 손이 무슨 꼴이람? 아! 눈동자가 튀어나올 것 같구나! 바다의 신 넵튠이 다스리는 망망대해의 바닷물인들 이 손에 묻은 피를 씻어 버릴 수 있을까? 못한다, 오히려 넓고 한없는 바닷물을 빨갛게 하여 푸른 대양을 붉게 물들게 할 것이다.

맥베드 부인 돌아온다. 내실 문을 닫는다.

맥베드 부인 제 손도 같은 빛이 됐어요. 그러나 저의 심장은 당신처럼 파리하게 질려 있진 않아요. (문 두드리는 소리) 남쪽 문을 두드리는 소리예요. 어서 우리방으로 돌아가십시다. 물만 조금 있으면 핏자국도 그 일도 말끔히 씻어 버릴 수 있을 거예요. 아주 쉽지 뭐예요! 용기를 잃고 주눅이 드셨군요. (문 두드리는 소리) 아, 저 소리! 또 두들겨요. 어서 가운으로 갈아입으세요, 혹시 우리가 불려나갈 경우 깨어 있었다는 의심을 받아서는 안 돼요. 넋나간 사람처럼 멍하니 서 계시지 마세요.

맥베드 저지른 일을 생각하니 차라리 나 자신을 잊어 버리고 싶다. (문 두드리는 소리) 저 소리가 당컨을 깨워 주려무나! 제발 그렇게 해다오! (두 사람 퇴장)

제 3 장 맥베드 성의 안뜰

문 두드리는 소리가 점점 격해진다. 문지기가 안뜰에 등장. 술에 취해 있다.

문지기 젠장, 작살나게 두드리는군! 지옥의 문지기라면 열쇠 돌리기에 꽤나 바쁘겠다. (문 두드리는 소리) 탕 탕 탕! 염라대왕의 이름으로 묻는다, 도대체 누구냐? 풍년 들어 쌀값이 곤두박질한다고 목을 맨 농분가 보군. 그래 얼씨구 잘 왔다. 수건이나 넉넉히 준비해 둬라, 비지땀깨나 빼야 할 테니. (또 문 두드리는 소리) 탕 탕! 자 이번엔 염라대왕 사촌의 이름으로 묻겠는데 대관절 거 누구요? 옳거니, 간에 붙고 염통에 빌붙으며 야살을 떠는 사기꾼이로구나. 하나님 이름을 팔아서 거짓말을 찬밥 먹듯 까발리는 썩은 놈 같으니! 어차피 천국 가긴 틀린 놈이겠다. 자, 들어오시오, 사기꾼 양반. (문 두드리는 소리) 탕 탕 탕! 옳지. 영국 재단사가 왔구나, 프랑스 바지 옷감에서 자투리를 잘도 처먹었겠다. 들어오슈 재단사 나리, 여긴 자네 다리미를 달구기에 안성맞춤일세. (또 문 두드리는 소리) 또 탕 탕! 이거야 귀가 따가워 살겠나! 누구요? 여긴 아무래도 지옥치고는 너무 춥군. 지옥 문지기는 오늘로 하직이다. 이승에서 향락의 수렁에 빠졌다가 영겁의 불더미 속으로 뛰어든 자는 생업을 가리지 않고 몇 놈 쯤 통과시켜 줄 셈이었는데. (문 두드리는 소리) 예, 갑니다, 갑니다요! 제발 이 문지기에게 인정돈을 잊지

말아 줍쇼. (문을 연다)

맥다프와 레녹스 등장.

맥다프 간밤엔 늦게 잠든 모양이군? 이렇게 늦게야 깨어나는 걸 보니.

문지기 예 그렇습니다요, 닭이 홰를 두 번 칠 때까지 술추렴을 했습죠. 그런데 술이란 놈은 세 가지 자극을 주거든요.

맥다프 특히 술이 준다는 세 가지 자극이란 게 무엇인가?

문지기 예, 뺑코를 만들게 하고, 잠이 잘 오고, 오줌이 술술 나온다 그 말씀입죠. 색이란 놈은요, 그놈이 불을 질러 놓기도 하고 모른 척하고 고개를 꼬기도 합죠. 색정은 일으키지만 어디 제대로 일을 치르게 하나요. 그러니까 과음은 색에 관한 한 혓바닥이 둘인 사기꾼이라 이 말씀이옵죠. 술이란 놈, 색정을 보란 듯이 주었다가 더운 물에 데친 풋나물처럼 죽여 놓고 말지 뭡니까요, 자극을 시켰다가도 슬그머니 물러서고 용기를 주었다가 오갈이 들게 하고, 달뜨게 해놓고는 줄행랑을 치니, 결국은 술꾼을 잠들게 하고 사기치고 그리고 어디론가 사라져 버린다 이 말씀입니다요.

맥다프 자넨 간밤에 술에 넘어간 술꾼이 된 모양이군.

문지기 예 그렇습죠, 물귀신한테 발목 잡힌 듯이 목덜미를 붙잡혀 넘어갔습죠. 그러나 소인도 앙갚음을 하고야 말았죠. 저도 그놈에겐 어지간히 대가 세니까요. 결국 놈을 말끔히 토해 태질을 쳐버렸습죠. 한땐 그놈이 내 다리를 잡고선 휘청거리게도 했습죠만.

맥다프 주인나리께선 일어나셨나?

맥베드 가운을 입은 채로 등장.

우리가 문을 두드려서 잠을 깨셨나 부다. 저기 오시는군.

레녹스 밤새 안녕하십시까, 영주님.

맥베드 안녕히 주무셨소, 두 분께서도.

맥다프 영주님, 폐하께서는 기침하셨는지요?

맥베드 아직도 주무시오.

맥다프 폐하께서 아침 일찍 깨우라는 분부가 계셨습니다. 하마터면 늦을 뻔했습니다.

맥베드 침소로 안내해 드리리다. (모두 안쪽 문으로 다가선다)

맥다프 이번 일은 기쁜 수고이신 줄로 압니다만 그래도 수고가 많으셨습니다.

맥베드 즐겨서 하는 일이니 수고랄 것도 없습니다. 여기가 침소입니다. (그는 가리킨다)

맥다프 무엄하지만 저의 임무이니 들어가 뵙겠습니다. (문을 열고 들어간다)

레녹스 폐하께서는 오늘 이곳을 떠나십니까?

맥베드 그렇습니다. 그렇게 말씀이 계셨습니다.

레녹스 간밤은 어수선한 밤이었습니다. 우리 숙소의 굴뚝이 바람에 쓰러졌어요. 소문으로는 공중에서 곡성이 들리고 죽음을 알리는 울부짖음이 괴이하게 밤하늘을 가르더라지 뭡니까. 그리고 말세가 온 듯 괴기한 앙화(殃禍)와 무서

58

운 변고가 들이닥칠 징조를 예언하는 소리가 무섭게 들려왔다고 합니다. 또 부엉이가 밤새도록 불길하게 울었다고 합니다. 대지가 벌벌 떨 듯이 진동을 했다고 합니다.

맥베드 사나운 밤이었군.

레녹스 비록 젊습니다만 제가 기억하는 한 그처럼 괴이하고 음산한 밤은 처음입니다.

맥다프 당황하여 다시 나타난다.

맥다프 아 끔찍한 일이다! 끔찍한 일! 끔찍해! 생각도 할 수 없는 일이야! 소름이 끼쳐 말이 안 나온다!

맥베드
레녹스 } 무슨 일이오?

맥다프 최악의 사태가 벌어졌소! 대역무도한 시역이 신전을 때려 부수고 목숨을 앗아가 버렸소.

맥베드 뭐요? 목숨을?

레녹스 폐하 말입니까?

맥다프 침소에 들어가 보시오, 괴녀 고르곤을 다시 보듯 차마 눈뜨고는 볼 수 없소. 나에게 묻지 마시고 직접 가서 보시고 스스로 평하시오. (맥베드와 레녹스 화급하게 퇴장) 일어나시오! 일어들 나시오! 경종을 울려라! 시역이다, 역모다! 뱅코우 장군! 도날베인 전하! 맬컴 전하, 일어나십시오! 죽음의 가면인 솜털같이 포근한 잠을 털어 버리고 진짜 죽음을 눈을 밝히고 보십시오! 일어나세요, 대심판의 날의 현장을 보시오! 맬컴 전하! 뱅코우 장군! 처참한 공포에 어울리도록 무덤을 깨고 나온 유령처럼 걸어들 오시오. 경종을

울려라. (비상종이 울린다)

맥베드 부인 가운 차림으로 등장.

맥베드 부인 웬일이십니까? 요란스럽게 종을 울려 온 집안 사람들을 깨우니 말예요. 말씀을 하세요. 어서요!
맥다프 오 이럴 수가, 부인! 제가 어찌 그 참혹한 말씀을 여쭐 수 있겠습니까? 부인이 들으시면 안 됩니다. 부인께서 들으시면 당장 기절을 하고 생명을 잃으실 겁니다.

옷을 대충 걸친 뱅코우 등장.

오 뱅코우! 뱅코우 장군! 폐하께서 시역을 당하셨소!
맥베드 부인 아이구머니나, 이게 무슨 날벼락이람! 아니, 이 성 안에서?
뱅코우 그것이 어느 곳이든 어쨌든 너무나 잔혹한 일이오. 맥다프, 제발 지금 한 말은 헛소리라고 말씀해 주시오.

맥베드와 레녹스 다시 등장.

맥베드 이 변이 일어나기 한 시간 전에만 내가 죽었던들 내 일생은 행복한 것이었을 거다. 이젠 내 인생에 귀중한 것은 하나도 없다. 모든 것이 검부더기에 불과할 뿐, 영예도 덕도 다 죽어 버렸다. 생명의 술은 바닥이 나버렸다. 남은 것이라곤 술찌꺼기뿐이 아닌가.

맬컴과 도날베인 우측의 문에서 황황히 등장.

도날베인 무슨 사단입니까?

맥베드   왕자님, 전하의 신상에 변이 생긴 것을 모르고 계셨군요. 전하의 혈통의 샘이, 그 원천이, 그 샘줄기가 말라 버렸습니다 ──. 그 근원이 막혔습니다.

맥다프   부왕께서 시역을 당하셨습니다.

맬컴   아니, 누구한테?

레녹스   침소의 호위병들의 소행 같습니다. 그자들의 손과 얼굴엔 피가 낭자하고, 그자들의 단검 역시 피가 묻은 채 베개 맡에 놓여 있었습니다. 두 놈 다 사색이 되어 실성한 사람 같았습니다. 폐일언하고 그자들에게 사람의 생명을 맡겼다는 것이 도시 잘못된 일이었습니다.

맥베드   너무나 치가 떨려 한 일이오만 그자들을 단칼에 베어 버린 것이 후회가 되오.

맥다프   아니, 왜 죽였소?

맥베드   한 어깨에 두 지게를 질 수는 없는 법. 놀라면서 잘 분별하고, 격분해서도 절도를 지킬 수 있고, 충성하면서 냉담할 수가 있겠소? 나의 불타는 충절심은 들뜬 나머지 길을 막고 울을 치는 이성을 뛰어넘어 버렸소. 이쪽에 당컨왕 폐하가 쓰러져 계셨소, 은빛 같은 살결에는 금빛 핏발이 무늬졌고, 입을 벌린 상처는 무참한 파괴의 손길이 휘잡고 들어간 균열(龜裂) 같았소. 그리고 저쪽에는 자객들이 시역의 증거로 핏빛으로 물들어 있고, 단검은 피로 응혈져 있었소. 그러니 어찌 참을 수 있겠소, 군왕에 대한 충성심이 있고, 그것을 실행할 용기가 있었다면?

맥베드 부인   (기절하려고 한다) 오, 날 데리고 나가 주세요!

맥다프 아, 부인을 돌봐 드리시오.

맬컴 (도날베인에게 방백) 왜 우린 꿀먹은 벙어리가 되었지? 우리야말로 누구보다도 할 말이 많을 텐데?

도날베인 (맬컴에게 방백) 지금 무슨 말을 하겠어, 어떤 액운이 구멍 같은 작은 틈에 숨어 있다가 튀어나와 우릴 덮치고 해꼬지할지 모르는데. 자 이 자리를 피해야지. 눈물도 나오지 않는군.

맬컴 (도날베인에게 방백) 우리의 슬픔이 너무 깊어 미처 슬픔을 느낄 새도 없군.

시녀들 등장.

뱅코우 부인을 돌봐 드려라……. (시녀들 맥베드 부인을 밖으로 데리고 나간다) 그리고 우린 변변히 옷도 걸치지 않아 찬 밤공기에 좋지 않을 거요. 옷을 입은 후에 다시 모여서 이 잔인무도한 시역의 진상을 철저히 규명합시다. 지금은 공포와 의혹이 우리를 몸서리치게 할 뿐이오. 나로서는 모든 것을 위대한 신의 손에 맡겨 어떠한 비밀의 음흉한 악의가 있다 해도 그것과 싸우겠소.

맥다프 저도 그렇게 하겠습니다.

일동 다들 그럽시다.

맥베드 어서 지체말고 옷을 갈아입고 대청으로 모입시다.

일동 그렇게 합시다. (맬컴과 도날베인만 남고 모두 퇴장)

맬컴 넌 어떻게 하겠니? 저 사람들하고 행동을 같이 해서는 아니 된다. 마음에도 없는 슬픔을 보이는 것은 위선자들의 간악한 술수이다. 난 영국으로 가겠다.

도날베인   난 아일랜드로 가겠어. 우린 따로따로 헤어져 있는 것이 서로 안전할 거야. 이곳은 사람들의 웃음 속에 칼날이 들어 있어. 핏줄기가 가까울수록 더 잔인하거든.

맬컴   살인의 화살은 이제 시위를 떠났을 뿐이다. 우리가 안전하려면 과녁에서 피해야만 돼, 어서 말을 타자. 작별 인사를 이리저리 할 때가 아니다. 빨리 도망치자. 생명이 위험할 때에 자기의 목숨을 훔쳐 온전하게 챙기는 것은 죄가 안 된다. (두 사람 퇴장)

제 4 장   맥베드의 성 앞. 몹시 음산한 날

로스와 노인 등장.

노인   이 늙은이는 칠십 평생 부대낀 일을 잘 기억하고 있지요. 그 오랜 세월 동안 무서운 시절도, 이상한 일도 다 보아왔습니다만 간밤의 처절함에 비하면 그것들은 아무것도 아닙니다.

로스   (하늘을 올려다보며) 저길, 노인 양반, 저 하늘을 보세요. 하늘도 인간의 소행에 마음이 아팠는지 피비린내 나는 이 세상을 무겁게 짓누르고 있군요. 시각은 대낮인데도 캄캄한 어둠이 태양의 목줄기를 조이고 있지 뭡니까. 도대체 밤의 기세가 등등해서인지 아니면 낮이 수줍어 해서인지 밝은 햇빛이 이 땅을 비춰야 할 시각에 이처럼 어둠이 깔려 있으니 웬일입니까?

노인   참으로 괴이한 일이오, 간밤의 사건도 그렇거니와. 지난 화요일에 말씀예요, 글쎄 하늘 높이 유유히 맴돌던 매가 쥐나 겨우 잡는 부엉이한테 채여서 꼴깍 했다지 뭡니까.

로스   노인장 얘길 듣고 보니 당컨왕의 말들 일이 생각나는군요. ――아주 괴상한 일입니다, 허튼 소리가 아니에요. ――빼어난 준마여서 그 종자 중에서도 귀여움을 받던 것이었는데 말들이 별안간 사나워져서 마굿간을 짓부수고 뛰쳐나와 마치 사람과 결투라도 하려는 듯이 반항하고 난동을 부렸다고 합니다.

노인   서로 물어뜯었다고도 하던데요!

로스   이 사람도 보고 놀랐습니다만, 사실 그랬습니다.

맥다프, 성에서 나온다.

저기 맥다프 경이 오시는군. 그 후의 일은 어떻게 되었습니까?

맥다프   (하늘을 가리키며) 저걸 아직 모르시오?

로스   대역 무도한 시역자는 판명되었습니까?

맥다프   그 두 사람일 테죠, 맥베드가 베어 버린.

로스   어이구 맙소사! 어째서 그런 짓을 하였을까요?

맥다프   사주 당한 거죠. 맬컴과 도날베인 두 왕자께서 비밀리에 탈주를 했어요. 그래서 혐의는 전적으로 두 왕자가 받고 있어요.

로스   갈수록 해괴한 일이로다! 쓰잘데없는 야심이군. 딱하기도 하지, 자기 목숨의 탯줄을 자기 이빨로 끊다니! 그럼 보위는 필시 맥베드 장군께로 돌아가겠군요.

맥다프   벌써 지명도 끝나 대관식을 하시러 스쿤으로 떠나셨습니다.

로스   당컨왕의 유해는 어디로 모셨습니까?

맥다프   역대 왕의 유해를 모시는 코옴 킬 묘사(廟祠)로 모시게 됐지요.

로스   장군께서도 스쿤으로 가시겠군요?

맥다프   안 갑니다, 저는 파이프로 돌아갈 작정입니다.

로스   그렇습니까? 전 스쿤으로 가 보겠습니다.

맥다프   그럼 거기 일이 모두 잘 되기를 기원하겠습니다.

다시 만납시다! 새옷보다 낡은 옷이 입기 편하다는 풍문이 돌지나 않았으면!

로스　노인장, 이만 실례합니다.

노인　하느님의 축복이 두 분께 있길 빕니다. 그리고 악을 선으로 고치고, 원수를 친구되게 하는 사람들에게도 신의 축복이 있기를! (세 사람 퇴장)

수 주일이 경과한다.

제 3 막

마음에 간직한 사랑의 술잔에
증오의 독주를 채운 것도 그자들 때문이란
말인가. 그리하여 내 불멸의 보배를 인류의 적인 악
마에게 내준 것도 모두가 그자들을 왕이 되게
함이었던가! 그럴 바에야 차라리 운명이여.
당당히 승부하여 최후의 결판을 내리라.
—1장 맥베드의 대사 중에서

제 1 장   포레스 왕궁의 접견실

뱅코우 등장.

뱅코우   너는 그 요괴한 여자들의 예언대로 왕도 코오더
도 글래미스도 다 손아귀에 거머 쥐었구나. 그래, 너는 가장
사악한 수단으로 이 모든 것을 차지했다. 그러나 그것들이
말하기를 왕위는 너의 후손에까지 계승될 수 없다고 했다.
바로 내가 미래의 제왕의 근원이 되며 조상이 될 것이다. 만
일 그것들의 예언이 사실이라면 ——— 맥베드, 그것들의 예
언이 너의 경우엔 잘 맞아 들었다 ——— . 그렇다, 너에게 실
현된 것을 볼 것 같으면 내가 받은 예언도 그 실현을 기대할
수 있지 않겠는가? 쉬, 이만해 두자.

트럼펫의 화려한 취주. 왕으로서의 맥베드, 왕비로서의 맥베드 부
인, 레녹스, 로스, 귀족들과 귀부인 및 시종들 등장.

맥베드   (뱅코우를 발견하고 부인에게) 바로 주빈이 여기
계셨군.

맥베드 부인   저분이 참석 안 하셨다면 ——— 모처럼의 축
하연이 크게 허전할 뻔했습니다. 모든 일이 꼴사납게 되는
거죠.

맥베드   (뱅코우에게) 오늘밤 과인이 정식 만찬회를 베풀
터이니 장군도 부디 참석하기 바라오.

뱅코우   부디 하명만 하소서, 폐하의 분부를 따름이 영원

히 굳게 맺어진 신들의 의무로 알고 있나이다.

맥베드　오늘 오후에 말을 타고 어디 간다던데?

뱅코우　폐하, 그러하옵니다.

맥베드　그렇지 않다면 오후의 회의에 참석하여 장군의 사려깊고 유익한 의견을 들으려 하였는데. 그럼 내일 듣기로 하리다. 먼 데를 가오?

뱅코우　폐하, 지금 떠나면 만찬회까진 돌아올 수 있사옵니다. 만일 말이 잘 달려 주지 않으면 한두 시간 늦어 밤에 당도할지도 모르옵니다.

맥베드　연회에 늦지 않도록 하오.

뱅코우　그렇게 하겠나이다, 폐하.

맥베드　듣자하니 과인의 잔인한 친척인 두 왕자가 영국과 아일랜드에 피신하고 있으면서 잔학한 부왕 살해죄를 자백하기는커녕 도리어 괴이한 유언비어를 퍼뜨리고 있다 하오. 이 일도 내일로 미루리라, 그 외에도 둘이서 협의해야 할 다른 정사도 있소. 어서 말을 타시오. 잘 다녀오오, 밤에 다시 만납시다. 플리언스도 동행하는지?

뱅코우　예 함께 갑니다. 폐하, 시간이 되었으니 이만 물러가겠나이다.

맥베드　말이 든든한 다리로 빨리 달려 주길 바라오. 어서 말을 타오. 잘들 다녀오오. (뱅코우 퇴장) 밤 일곱 시까지는 각자가 자유로운 시간을 보내도록 하오. 오늘 만찬회를 한층 즐기기 위해 과인도 그때까지 혼자 있겠소. 그럼 그 사이 편히들 쉬오! (맥베드와 시종 한 사람만 남고 모두 퇴장) 여봐라, 너에게 할 말이 있다. 그 사람들이 지금 대기하고 있느냐?

시종 예 폐하, 궁전 문 밖에서 대기하고 있나이다.

맥베드 불러들여라. (시종 퇴장) 이렇게 그럭저럭 지나간다는 게 뭐란 말인가? 이 몸의 안전이 확실하게 보장되지 않는다면 말이다. 내 가슴엔 뱅코우에 대한 공포심이 응어리져 있지 않은가. 그자의 왕자(王者)다운 기품이 두려움을 느끼게 하고 있다. 그잔 대담한 데다 용기를 슬기롭게 발휘하여 무슨 일이든 딱 부러지게 해내는 저력까지 가지고 있지 않은가. 내가 두려워하는 자는 뱅코우뿐이다. 그자와 같이 있으면 난 오금을 못 편단 말야, 마크 앤토니의 수호신이 시이저를 두려워했다고 전해 오듯이. 그 여자들이 처음으로 날 왕이라고 불렀을 때에 그자는 그것들을 야멸차게 꾸짖고 자기에게도 한마디 하라고 으름장을 놓았었지. 그렇지, 그것들은 예언자인 양 그잘 제왕의 조상이라고 축복하였어. 그것들은 내 머리에는 실속없는 왕관을 씌워 주고 내 핏줄이 왕위를 잇지 못하고 남의 자손이 대권을 계승하도록 점지된 허망한 왕홀을 내 손에 쥐어준 셈이구나. 그래, 그렇다면 뱅코우의 자손을 위해 이 손을 더럽힌 게 아닌가? 그들 때문에 인자한 당컨왕을 살해했단 말인가? 마음에 간직한 사랑의 술잔에 증오의 독주(毒酒)를 채운 것도 그자들 때문이란 말인가. 그리하여 내 불멸(不滅)의 보배를 인류의 적인 악마에게 내준 것도 모두가 그자들을 왕으로 하기 위해, 즉 뱅코우의 자손들을 왕이 되게 함이었던가! 그럴 바에야 차라리 운명이여, 당당히 승부하여 최후의 결판을 내리라. 거기 누구냐?

시종 두 자객을 데리고 다시 등장.

(시종에게) 넌 부를 때까지 문 밖에서 기다려라. (시종 퇴장) (자객들에게) 너희들과 만나서 이야기한 것이 어제였겠다?

자객1 그러하옵니다, 폐하.

맥베드 그렇다면 과인의 말을 잘 생각해 보았는가? 지금까지 너희들을 불행하게 만든 사람은 무고한 나인 줄로 오해하고 있었던 모양인데, 실은 바로 그자였다. 이 문제는 어젯밤 얘기로 충분히 납득이 갔으렸다. 너희들이 어떻게 꼬임에 빠졌고, 배신을 당했으며, 앞잡이는 누구며, 조종자는 누구였는지 아무리 머저리고 실성한 사람일지라도 "그것이 다 뱅코우의 짓이다"라고 납득할 정도로 내가 증명했을 터인데.

자객1 잘 알고 있사옵니다.

맥베드 암 그래야지. 실은 오늘 너희들한테 긴히 할 얘기가 있어 부른 것이다. 그래 너희들은 그것을 그대로 눈감아 버릴 셈이냐? 그렇게 참을성이 강하다냐? 그리고 그 알뜰한 양반과 그 자손을 위해 기도를 드릴 심정인가? 그렇게 신앙심이 두터운가? 그 악독한 놈 때문에 목숨이 거덜날 지경으로 고초가 심했고 가족들은 비럭질을 하게 되었는데도?

자객1 저희들도 남자이옵니다, 폐하.

맥베드 그렇겠지, 그야 남자니까 명부상에는 인간측에 들겠지. 사냥개도, 그레이하운드도, 잡종개도, 또 발바리, 들개, 똥개, 물개, 반늑대의 개도 다 개라고 부르지. 그러나 가

72

격표에는 빠른 놈, 느린 놈, 약은 놈, 집 지키는 놈, 사냥하는 놈, 이와같이 풍부한 대자연에서 받은 그 천성에 따라서 구별되고 특별한 명칭으로 불리우게 되느니라. 일반적으로 씌어져 있는 명부로부터 구별되는 것이다. 인간도 마찬가지다. 자 너희들도 인간 가격표에 올라 있고 잡살뱅이의 값이 아니라면 그렇다고 말하라. 그렇다면 내가 비밀히 부탁할 일이 있다. 그 일만 잘 해내면 너희들은 원수를 처치할 수 있고 내 신임을 얻고 총애를 받게 될 것이다. 그자가 살아 있는 한 나는 병자와 같으니라, 그자가 죽어야만 심신이 편안하겠다.

자객2 폐하, 소인은 세상 사람들로부터 가혹하게 밟히고 채여 분통이 터질 지경이라 세상에 대한 분풀이라면 여물로 소금섬을 끌래도 끌겠습니다.

자객1 소인도 넌덜머리가 나도록 재난에 시달리고 액운에 부대껴 와서 더운밥 쉰밥 가릴 처지가 아니오라, 화약을 지고 불더미 속이라도 뛰어들겠습니다.

맥베드 너희들의 원수는 뱅코우다, 다 알았겠지?

두 자객 예, 아다뿐이겠습니까, 폐하.

맥베드 그잔 과인에게도 원수이다. 그자와 나는 서로 겨누고 있는 터라, 그자가 살아 있는 한 언제 나의 급소를 찌를지 칼날 위를 걷는 기분이다. 물론 나는 왕권으로 그자를 버젓이 내 눈앞에서 없애 버릴 수도 있다만 그렇게 할 수는 없는 일. 그자에게도 나에게도 친구인 자들이 있으니, 그자들의 우정에 금이 갈까 염려되기 때문이다. 그래서 그잘 요절을 내더라도 나는 애통해 하는 듯 보여야 한단 말이다. 너희들의 조력을 빌자는 것도 그 때문이다. 여러 가지 중대한 이유가 있어 그러니 쥐도 새도 모르게 처치하렸다.

자객2 기필코 어명대로 시행하겠사옵니다.

자객1 비록 소인의 생명을 바치더라도 ———.

맥베드 너희들의 본심을 알았느니라. 늦어도 한 시간 이내에 잠복할 곳을 일러 주겠다. 그리고 정확한 결행 시간도 알려 주겠다. 오늘밤에 궁전에서 얼마간 떨어진 곳에서 해치워야 하느니라. 내가 전혀 무관하다는 것을 항상 명심하여라. 그리고 그와 함께 ———뒤탈이 없게 하고자 하는 것이니———그를 동행하는 아들 플리언스도, 그의 자식이 없어지는 것도 그의 부친 못지 않게 나에겐 중요하니까 그 녀석도 같은 암흑의 시간의 운명을 안겨 줘라. 그럼 물러가 있거라.

두 자객 폐하, 소인들은 이미 배짱이 정해져 있습니다.

맥베드 곧 부르겠다. 안에서 기다려라. (자객들 퇴장) 이것으로 결정이 났다. 뱅코우여, 네 혼이 천당에 갈 수 있는 거라면 바로 오늘밤에 가야 하느니라. (다른쪽 문으로 퇴장)

74

제 2 장   포레스 왕궁의 접견실

맥베드 부인과 시종 한 사람 등장.

맥베드 부인   뱅코우 장군께서 궁전을 떠났느냐?

시종   예 왕비전하, 하지만 오늘밤에 돌아오신답니다.

맥베드 부인   폐하께 아뢰어라, 시간이 계시면 잠시 드릴
말씀이 있다고.

시종   예, 왕비전하. (퇴장)

맥베드 부인   아무것도 아니야, 왜 이리도 허망할까? 야망
은 이루어졌건만 만족을 얻지 못하니. 살인을 하고도 불안이
진드기처럼 따라 붙는다면 차라리 살해당한 피해자가 되는
것이 더 마음 편하리라.

맥베드 사념에 잠겨 등장.

웬일이세요, 폐하? 왜 늘 하찮은 공상에 매달려 홀로 계십니
까? 그런 생각은 깨끗이 떨쳐 버리셔야 합니다. 이미 죽어
버린 사람이 아닙니까! 돌이킬 수 없는 일에 집착하는 건 죽
은 아이 나이 세기와 같습니다. 이왕지사 저지른 일은 이미
과거지사입니다.

맥베드   우린 독사를 난도질했을 뿐, 죽이진 못했소. 그
상처가 아물면 어설픈 살상을 한 우린 언제 독사의 이빨에
물릴지 모르오. 지금처럼 불안감에 떨며 하루 세 끼 겨우 식
사하고 밤마다 무서운 악몽에 시달리며 고통스런 잠을 잘

바에야 차라리 이 세상이 산산조각이 나고 하늘이 무너지고 땅이 꺼져 버리면 좋겠소. 양심이 고문을 당하듯 하루 한시도 마음 편한 날이 없으니 차라리 그 망자와 함께 있는 편이 나을 것이오. 그자를 안식의 세계로 보낸 것은 우리들의 마음의 평화를 얻기 위해서가 아니었소? 당컨은 지금 무덤 속에 있소. 열병 같은 인생을 끝마치고 편안히 잠들고 있단 말요. 역모의 피바람도 지나가 버렸소. 이젠 칼도 독약도 내란도 외구의 침입도 그를 괴롭힐 수 없지 않소.

맥베드 부인 당치도 않은 말씀 그만하세요. 폐하, 험악한 표정을 짓지 마시고 오늘밤엔 명랑하고 즐거운 기분으로 손님들을 대하소서.

맥베드 그러리다, 당신도 그렇게 해주오. 뱅코우에겐 특별히 마음을 쓰시오, 눈길에도 말투에도 극진히 경의를 표하도록 하시오. 우린 아직도 호랑이 아가리에 손을 집어넣고 있는 형편이니 국왕의 존엄성을 아부의 물결에 담그고 얼굴에 거짓 허울을 씌워 본심을 감추어야 하오.

맥베드 부인 이제 그만하세요.

맥베드 내 마음 속을 독충들이 휘젓고 있소! 당신도 아다시피 뱅코우와 그 아들 플리언스가 살아 있잖소.

맥베드 부인 하지만 그들 부자의 생명도 끝이 있게 마련입니다.

맥베드 그 말을 들으니 다소 위안이 되오. 그자들의 목숨이라고 창끝이 못 뚫을 리 없잖소? 그러니 당신도 쾌활히 하오. 박쥐가 수도원 안을 날아다니고 잡충이 암흑의 마녀 헤커티의 부름을 받고 그 딱딱한 나래를 치며 밤의 하품을 재촉하는 종소릴 내기 전에 반드시 가공할 변이 터질 것이오.

맥베드 부인　어떤 변인데요?

맥베드　왕비, 당신은 모르고 있는 게 좋소. 성사가 되거든 칭찬이나 해주오……. 자 어서 오너라, 눈을 가리는 밤의 어둠이여, 연민의 정이 고인 낮의 부드러운 눈을 가려다오. 그리하여 너의 눈에 보이지 않는 피로 얼룩진 손으로 나에게 겁주고 있는 저자의 목숨의 증서를 갈기갈기 찢어 버려다오! 어둠발이 내리는구나, 까마귀는 서둘러 숲속 보금자리로 가고 있다. 낮의 세계의 선량한 것들이 고개를 수그리고 졸기 시작하고 밤의 사악한 앞잡이들은 먹이를 찾아 눈을 붉힌다. 아마 내 말을 무슨 횐소리로 여기나 보구려. 염려 놓으시오. 악으로 시작한 것은 악으로 다져야 하오. 자, 들어갑시다. (두 사람 퇴장)

제 3 장   궁전 바깥, 숲의 언덕길

세 자객이 복면을 하고 등장. 그 중 두 사람은 맥베드와 응대한 전력이 있지만, 다른 한 사나이는 이들이 처음 대면하는 인물이다.

자객1   (자객3에게) 대관절 누가 자네더러 우리한테 가담하라고 했나?

자객3   맥베드.

자객2   (자객1에게) 의심할 것 없네. 그의 하는 말이 우리가 할 일, 우리가 하명받은 것과 딱 맞아.

자객1   그럼 우리와 손을 잡읍시다. 서쪽 하늘에는 아직도 석양빛이 가물거리고 있군. 길 저문 나그네가 제 시간에 여인숙에 들려고 말을 재촉할 무렵이오. 우리가 기다리는 자도 곧 나타날 거요.

자객3   쉿! 말굽소리.

뱅코우   (멀리서) 애야, 햇불을 이리 다오!

자객2   그래 저자다. 초대를 받은 다른 사람들은 벌써 다 궁전에 들어가 있을 테니 말야.

자객2   말이 저리 돌아서 가는 모양이군.

자객3   일 마일쯤 저쪽으로 도는가 보오. 그자는 보통——다른 사람들도 그렇지만——여기서 궁전 입구까지 걸어서 가오.

이때 뱅코우와 햇불을 든 플리언스가 오솔길을 오고 있다.

자객2 횃불이 보인다, 횃불이!

자객3 그자다.

자객1 준비하라.

뱅코우 (플리언스에게) 오늘밤은 비가 내릴 것 같다.

자객1 내리쳐라. (자객1이 횃불을 쳐서 꺼 버린다. 다른 두 사람은 뱅코우에게 달려든다)

뱅코우 아이쿠, 살인이다! 플리언스 달아나라 달아나, 빨리 달아나! 이 원수를 갚아다오. 이 고얀 놈! (죽는다. 플리언스 도망친다)

자객3 횃불을 끈 자가 누구요?

자객1 잘못했나?

자객3 한 놈밖에는 못 해치웠어. 아들놈은 도망쳤어.

자객2 제기랄. 알짜뱅이를 놓쳤다.

자객1 자, 가서 한 대로 말씀 올리자. (세 자객 퇴장)

제 4 장 궁전 안의 대청

안쪽에 단이 있고, 그 좌우에 입구가 있다. 단 위에는 옥좌가 있고, 앞에는 식탁이 있다. 이 식탁과 직각으로 맞대서 긴 식탁이 무대 중앙에 놓여 있다.

만찬석이 준비되어 있다. 맥베드, 맥베드 부인, 로스, 레녹스, 귀족들 시종들, 등장.

맥베드 여러분, 자리는 아실 테니 착석하여 주십시오. 모두 잘들 오셨소.

귀족들 폐하, 황공하옵니다.

맥베드, 맥베드 부인을 옥좌로 안내한다. 귀족들은 긴 식탁 양쪽에 각자 착석한다. 맥베드의 옥좌는 비어 있었다.

맥베드 과인도 함께 끼여 주인 노릇을 해야겠소. (맥베드 부인 옥좌에 앉는다) 안주인은 자리에 앉아 있지만 곧 환영 인사를 할 것이오.

맥베드 부인 부디 저를 대신하여 폐하께서 여러분께 인사를 해 주십시오. 저는 이미 마음 속 깊이 환영하고 있으니까요.

맥베드 좌측 입구를 지나갈 때에 자객1이 문에 나타난다. 귀족들은 일제히 일어서서 맥베드 부인에게 예를 올린다.

맥베드 자 보시오, 조정 중신들이 왕비께 진심으로 감사를 표하고 있소. 양쪽 좌석 수가 같으니 과인은 여기 한복판에 앉겠소. (빈 의자를 가리키며) 자 마음껏 즐기시오. 자, 돌아가며 축배를 마십시다. (문으로 가까이 가서, 낮은 소리로) 얼굴에 피가 묻었다.

자객1 (낮은 소리로) 그러하다 하시니 그건 뱅코우의 피올습니다.

맥베드 (낮은 소리로) 그 피가 그자의 체내에 있는 것보다 네 낯짝에 묻어 있으니 다행이다. 그래 처치해 버렸느냐?

자객1 (낮은 소리로) 폐하, 그자의 목을 찔렀습니다! 소인이 했습니다.

맥베드 (낮은 소리로) 넌 멱따는 명수군! 플리언스를 죽인 자도 훌륭한 자다. 그놈도 네가 해치웠다면 넌 명수 중의 명수가 틀림없으렸다.

자객1 (낮은 소리로) 폐하, 황송하오나 플리언스는 달아나 버렸나이다.

맥베드 (이맛살을 찌푸리며, 낮은 소리로) 그렇다면 또 불안이 날 덮치게 됐구나. 불안만 없애줬다면 난 대리석처럼 탄탄하고 너럭바위처럼 단단했을 것을. 또 만물을 둘러싸고 있는 대기처럼 자유스럽고 활달한 기분이 될 수 있었을 게 아닌가. 그러나 이제 난 비좁은 감옥에 갇혀 족쇄를 채운 몸으로 마음졸이게 하는 의혹과 공포에 얽매이게 되었구나. 뱅코우만은 틀림없느냐?

자객1 (낮은 소리로) 예, 폐하. 머리에 스무 군데나 깊은 상처를 입고 시궁창에 꼬꾸라졌습니다. 가장 작은 상처 하나라도 치명상이옵니다.

맥베드   수고했다. 애비뱀은 죽었다. 달아난 새끼뱀은 독사가 되겠지만 당장은 독을 뿜을 이빨이 없으렸다. 그만 물러가라. 내일 다시 듣기로 하자. (자객1 퇴장)

맥베드 부인   폐하, 대접이 소홀하십니다. 연회석에서는 향응하는 동안 자주 환대의 말씀이 없으시면 음식점에서 먹는 음식이나 다를 바 없습니다. 먹기만 한다면야 자기 집이 제일이지요. 초청 받은 향연에서는 필히 환대라는 양념이 있어야 되잖아요? 환대가 없는 연회석은 불씨 없는 화로와 진배 없답니다.

맥베드   왕비, 말씀 잘해 주셨소! 자 자, 많이 드시고 잘 소화시켜 더욱 건강하시오!

레녹스   폐하께서도 좌정하시옵소서. (이때 뱅코우의 망령이 피문은 모습으로 들어와 맥베드가 앉으려 하는 의자에 앉는다. 맥베드 이를 보지 못하고 있다. 이 망령은 맥베드 이외의 사람들에게는 보이지 않는다)

맥베드   뱅코우 장군만 참석했다면 오늘밤은 만조백관이 전부 한자리에 모이게 되었을 것을. 그러나 과인은 뱅코우 장군의 무성의를 책하는 것이 낫지 혹시 무슨 재앙이라도 있었을까 심히 염려가 되오!

로스   그의 불참은 폐하의 분부를 어긴 무엄함이 큰 줄로 아옵니다. 황송하오나 폐하, 어서 좌정하여 주시옵기 바라옵니다.

맥베드   좌석이 다 차 있는데.

레녹스   여기 좌석이 있사옵니다, 폐하.

맥베드   어디?

레녹스 여기 있사옵니다. 폐하……왜 그렇게 놀라시옵니까?

맥베드 누가 이런 짓을 했소?

귀족들 무엇 말씀이옵니까, 폐하?

맥베드 (망령에게) 과인의 소행이란 말인가? 피투성이가 된 머리털을 내게 흔들지 말라. (맥베드 부인, 자리에서 일어선다)

로스 여러분 일어납시다. 폐하께선 심기가 편치 않으십니다.

맥베드 부인 (걸어 내려오면서) 여러분 앉으십시오. 폐하께서는 이런 증세가 가끔 계십니다. 어린 시절부터 있는 일입니다. 어서 착석하여 주십시오. 발작은 일시적입니다. 곧 회복하실 겁니다. 폐하를 그렇게 쳐다보시면 기분을 상하셔서 증세가 더 돋칩니다. 쳐다보지 마시고 어서들 음식을 드세요. (맥베드의 옆으로 다가가서 낮은 소리로) 아니, 당신도 남잔가요?

맥베드 그렇소, 용감한 사나이요. 그것도 악마라도 질겁을 할 저걸 노려보고 있는 남자요.

맥베드 부인 (낮은 소리로, 비꼬며) 참, 체통이 말이 아니군요! 당신의 공포심 때문에 생긴 환영에 불과합니다. 그것은 공중에 떠서 당컨에게로 인도하겠다던 단검의 환영과 같은 거예요. 아무것도 아닌 걸 가지고 왜 그렇게 흥분하고 놀라세요? 겨울날 화롯가에서 늙은 할머니의 도깨비 이야기를 듣고 화들짝 놀라는 아녀자처럼 말입니다. 부끄러우신 줄을 아세요! 왜 그런 얼굴을 하시죠? 쏘아보신들 텅빈 의자밖에 더 있어요?

맥베드　자, 저걸 보오! 저걸! 저것 보시오! 자, 어떻소? 그래 뭣이든 상관없다. 머리를 끄덕일 수 있거든 말도 해 보아라. 만일 납골당이나 무덤이 매장했던 것을 토해낸다면 앞으로는 솔개미의 배창자를 무덤으로 써먹어야겠다. (망령 사라진다)

맥베드 부인　그만하세요! 대장부답지 않게 환영을 보고 놀라시다니.

맥베드　여기 서 있는 게 확실하다면 그걸 본 것도 확실하오.

맥베드 부인　그만두세요, 창피스럽게!

맥베드　(이리저리로 걸어다니며) 유혈의 참극은 이전에도 있었소. 인도적인 계율이 생겨 사회를 개화시키기 전의 태고적에도 아니 이후에도 귀에 담기조차 끔찍한 살육이 있었지. 그러나 예전에는 골이 터져나오면 인간은 죽고 그래서 일이 끝장났던 것인데, 지금은 골통에 스무 군데나 치명상을 입고도 다시 일어나 과인을 의자에서 밀어내다니……. 살인 그 자체보다도 그것이 더욱 괴이하단 말요.

맥베드 부인　(맥베드의 팔을 잡으며) 폐하, 귀한 손님들이 기다리고 있습니다.

맥베드　아, 그렇지……. 과인을 이상하게 생각들 마오. 과인에겐 이상한 지병이 있소. 알고 있는 사람들에게는 별거 아니지만. 자, 경들의 우정과 건강을 비오. 과인도 앉겠소. 자, 술을 따르오, 철철 넘치도록. (맥베드 잔을 들어 올리자, 망령이 나타나 맥베드 등 뒤의 좌석에 앉는다) 만장한 경들을 위해 또 여기에 보이지 않는 친우 뱅코우 장군을 위해 건배를 하리다. 장군이 참석하였더라면 좋았을 것을! 경들을 위해 그를 위해 건배합시다. 자, 우리 모두를 위해!

귀족들 (건배한다) 신들의 충절을 바쳐 삼가 건배하나이다.

　망령 다시 등장. 맥베드 사색이 된다.

맥베드 (망령에게) 물러가라! 내 눈앞에서 썩 꺼져! 땅속으로 꺼져! (잔을 떨어뜨린다) 너의 뼈에는 골수가 없고 너의 피는 얼음처럼 차다. 네가 아무리 뚫어지게 본다 해도 네 눈동자에는 사물을 보는 힘이 없을 것이다. (귀족들 경악하여 자리에서 일어서려고 한다)

맥베드 부인 (사람들을 제지하며) 여러분, 이것은 늘 있는 습관이라 생각하여 주십시오. 별것이 아닙니다. 그만 모처럼의 흥이 깨져 미안합니다.

맥베드 (망령에게) 인간이 감히 할 수 있는 일이라면 내 무엇이든 할 것이다. 몰골 사나운 러시아 곰이건 뿔돋힌 코뿔소이건 하이케니어의 호랑이건 무슨 탈을 쓰고 와도 좋다. 원래의 제 모습만 아니라면 내 오장육부는 얼어붙지 않는다. 어디 네놈이 다시 살아나서 황야에서 칼을 들고 덤벼 봐라. 내가 겁먹거든 날 애송이라고 불러도 좋다. 물러가라, 소름끼치는 그림자야! 있지도 않은 환영아, 꺼져라! (망령 사라진다) 아아, 사라졌다. 그놈만 사라지면 난 다시 인간이다. (귀족들에게) 경들이여, 그냥 앉으시오.

맥베드 부인 그렇게 실성맞게 구시니 흥이 깨지고 좋은 회합이 엉망이 되고 말았어요.

맥베드 어찌 놀라지 않겠소? 그자가 갑자기 나타나 여름 구름처럼 과인을 덮치는데 말이오. 여러분의 안색을 보니 나 자신을 모르게 되오. 여러분도 그 광경을 보았을 텐데 과인이 공포에 질려 파랗게 질렸는데 반해 경들은 안색 하나 변치 않고, 볼에는 생생한 혈색을 그냥 띠고 있으니, 어찌 된 셈이오?

로스 폐하, 뭣을 보시고 하시는 말씀이옵니까?

맥베드 부인 더 이상 아무 말도 마십시오. 흥분하시면 덧나게 됩니다. 물음을 받으면 흥분하십니다. 속히 이만 물러들 가십시오. 퇴석의 순서는 개념치 마시고 어서 떠나 주십시오.

레녹스 안녕히 주무십시오. 폐하께서 속히 쾌유하시옵기를 기원하나이다.

맥베드 부인 여러분, 모두 안녕히 가십시오! (맥베드와 맥베드 부인만 남고 모두 퇴장)

맥베드 정녕 피를 보고야 말려는 것이다. 피는 피를 부른다고 하지 않는가. 묘석이 움직이고 나무가 고자질을 했다는 실례도 있다지 않은가. 점술과 이미 알려진 상관관계의 이치가 까치나, 까마귀, 당까마귀의 울음소리를 이용하여 교묘하게 숨은 암살자의 비밀을 알아내게 했다지 않는가?…… 밤은 얼마나 깊었소?

맥베드 부인 글쎄 밤인지 새벽인지 분간하기 어려운 때입니다.

맥베드 맥다프가 이리로 오라는 왕명을 무시했겠다? 당신은 어찌 생각하오?

맥베드 부인 사자를 보내 보셨나요?

맥베드 우연히 들었소. 언제고 사자를 보낼 것이오. 웬만한 집 쳐놓고 내가 매수한 하인이 없는 집은 없소…… . 내일 아침 일찍 그 요괴스런 여자들한테 가 보리다. 말을 더 들어봐야겠소. 이렇게 된 바에는 어떤 수단을 써서라도 최악의 점괘가 나올지언정 꼭 미리 알아야겠소. 나 자신의 잇속을 위해서 어차피 내친 걸음인데 무슨 짓인들 못하겠소. 피비린내 나는 일에 발을 들여놓은 이상 결판을 지으리다. 이제 물러서는 것은 앞으로 나가기보다도 어려운 일이오. 내 머리에 홰를 치고 있는 괴이한 생각이 이 손을 근질거리게 하오. 생각은 나중이고, 당장 해치워 버려야겠소.

맥베드 부인 폐하께서는 잠을 주무셔야 됩니다. 심신이 메마르셨어요.

맥베드 자, 가서 쉬도록 합시다. 묘한 환영에 현혹되는 것은 수련을 쌓지 못한 풋내기의 불안 탓이오. 우린 아직도 이런 일엔 익숙지 못한 게 아니겠소? (두 사람 퇴장)

제 5 장 황 야

천둥. 세 마녀 등장하여 헤커티를 만난다.

마녀1 어머, 웬일이에요, 헤커티님! 화가 나셨구먼요.

헤커티 왜 화가 안 나겠어? 이 방자하고 심성 사나운 쭈구렁 할망구들아! 그래 너희들 멋대로 생사의 수수께끼를 걸고 맥베드와 거래를 하다니 그게 될 법한 소리냐구? 그리고 너희들은 마술의 지배자요, 온갖 재앙을 뿌릴 셈으로 있는 나를 제껴놓고 내가 현란한 마술의 위력을 과시 못하게 패악을 저질렀겠다. 괘씸한 것들, 더구나 고약한 것은 심술 궂고 성 잘내기로 소문난 고집쟁이 놈을 위한 짓거리란 거다. 다른 놈과 마찬가지로 자기 이익이라면 털도 안 뽑고 먹는 놈이야, 너희들을 돌볼 생각은 털끝만치도 없어. 자 이젠 맘보 바로 써라. 당장 이곳을 떠나거라! 지옥의 아케론의 동굴에서 새벽녘에 만나자. 그자가 자기 운명을 점치러 올 것이야. 그러니 도구와 마약과 주문 등 그 밖에 필요한 것은 모두 가져가라. 난 공중으로 날아간다. 오늘밤엔 처절하고 무서운 일이 저질러진다. 큰일은 정오가 되기 전에 해치워야 하는 거야. 저 달 한구석에 고여 있는 증기 방울이 땅에 떨어지기 전에 그것을 받아서 마법으로 증류시키면 불가사의한 환영들을 나타나게 할 수 있다. 그래서 그 환영들의 힘으로 그자를 현혹해서 스스로 파멸의 구렁텅이로 빠지게 할 거다. 운명을 능멸하며 죽음을 비웃고 지혜도 은총도 공포도

무시하고 그놈은 허망된 야욕에만 불탈 것이다. 너희들도 아 다시피 방심은 인간의 가장 무서운 적이니라.

　안에서 음악과 노래. '오너라 오너라, 헤커티' 등의 노래. 구름이 내 리덮는다.

들으라, 날 부르지? 보라, 나의 작은 정령들이 안개 구름 위 에 앉아서 날 기다리고 있다. (구름을 타고 날아가 버린다)
　마녀1　자, 서두르자. 헤커티님이 곧 돌아오실 거다. (세 마녀 사라진다)

제 6 장   스코틀랜드의 어느 성

레녹스와 귀족 한 사람 등장.

레녹스   제가 한 말은 경의 생각과도 일치합니다만 좀더 깊이 생각할 여지도 있습니다. 어쨌든 모든 일이 요지경 속이군요. 인자하신 당컨왕은 맥베드의 애도를 받고, 하기야 불쌍하게 돌아가셨으니까요. 그리고 늦은 밤 길걷던 용장 뱅코우 장군――글쎄 플리언스가 죽였다고 칩시다. 플리언스가 도망갔으니 말입니다. 밤엔 행여 늦게 다닐 일이 못됩니다. 누군들 해괴하다고 생각하지 않을 수 있겠어요? 맬컴과 도날베인 두 왕자가 인자하신 부왕을 살해했다고 하니 정말 소름이 오싹 끼칠 일이 아니겠습니까? 천벌을 받고도 남을 일이죠! 맥베드가 얼마나 개탄했겠습니까! 그러니, 통분을 참지 못해 두 역적을 단칼로 베어 버린 심정도 알만합니다. 술의 노예가 되고, 잠의 종이 된 그자들을 말입니다. 참으로 훌륭한 처사가 아니겠어요? 아니, 현명한 일이었지요. 그자들이 자기네의 소행이 아니라고 방패막이 하는 것을 듣고서야 사람인 이상 속에서 불이 타지 않을 수 있겠습니까. 그러니 말씀입니다만 맥베드는 만사를 꾀바르게 처리했지 뭡니까. 생각건대 두 왕자가 그의 손에 잡히게 되는 날이면――하늘이 절대로 그렇겐 안하겠지만――친아버지를 살해한 벌이 어떤 것인가를 맛보게 되겠죠. 플리언스 역시 그럴 테죠. 쉿! 그만 해둡시다! 맥다프 장군은 입바른 말을 잘하고 폭군의 연회석에 참석치 않았다구 해서 몹시 곤란한 처지에 있나 부죠? 그분이 어디 은신하고 있는지 아시나요?

귀족 이 폭군에게 왕위를 빼앗긴 당컨왕의 맬컴 왕자 말입니다. 영국 왕실에서 그를 받아들였고, 저 성인 같은 에드워드 왕의 후대를 받고 있다지 뭡니까. 역경에 있긴 하지만 사람들의 추앙을 받고 있다고 합니다. 맥다프도 이미 그곳으로 갔으며 성왕(聖王)에게 간청하여 노덤벌랜드 백작과 그의 용감한 아들 시워드를 궐기시켜 구원을 얻으려는 모양입니다. ——하늘이 도와 주신다면—— 우린 다시 마음놓고 밥상을 받을 수 있고 밤잠을 달게 자게 될 것입니다. 축제와 향연에서 살육의 칼부림도 없게 되며 우린 마음 속으로부터의 충절을 바치고 공정한 영예도 받게 될 것입니다. 이 모든 것이 우리의 간절한 소망이 아니겠습니까. 이러한 정보를 들은 맥베드왕은 크게 노하여 전쟁 준비를 하고 있다지 뭡니까.

레녹스 맥다프에게 사신을 보냈던가요?

귀족 그랬죠. 그런데 맥다프는 "돌아가지 않겠소" 하고 단호히 거절했답니다. 그 말에 심기가 뒤틀린 사신은 홱 돌아서서 "이런 대답을 가지고 가게 한 걸 나중에 째지게 후회할 거다" 하고 중얼거렸다던데요.

레녹스 그러면 맥다프는 지혜껏 멀리 몸을 피해야 할 겁니다. 어떤 하늘의 천사이시든 맥다프보다 앞질러 영국 궁전으로 달려가서 그의 사명을 알려 주시오. ——저주받은 폭군의 손아귀에서 신음하는 이 나라에 하늘의 축복이 속히 돌아오도록 하소서!

귀족　나도 기도하리다. (두 사람 퇴장)

제 4 막

아, 눈으로는 여자같이
퉁퉁 붓도록 질탕하게 웃고,
혀로는 허풍쟁이처럼 거드럭 거릴 수
있다면 얼마나 좋을까! 아, 자비로운 신들이여!
모든 장애물을 없애 주시고 하루 속히 이
스코틀랜드의 악마를 나와 맞붙게 해
주소서. 나의 칼 닿는곳에 그자를
있게 해 주십시오.
— 3장 맥다프의 대사 중에서

제 1 장   동 굴

중앙에는 화염을 뿜는 구멍이 있고, 이 위에 끓는 가마솥이 걸려 있다. 천둥과 더불어 세 마녀가 한 명씩 나타난다.

마녀1   얼룩 고양이가 세 번 울었다.

마녀2   고슴도치가 세 번하고 한번 더 울었구.

마녀3   하피어 (역자주 : 괴녀, 반은 여자 반은 새) 가 부르고 있어 ——— "어서, 어서" 하고.

마녀1   (소리에 박자를 맞추어)

　　가마솥 주위를 빙빙 돌아라
　　썩은 내장을 집어넣어라.
　　차디찬 돌 밑에 깔려
　　서른하루의 낮과 밤을 자면서
　　독의 땀을 빚어내는 옴두꺼비를
　　마술의 가마솥에 먼저 끓여라!

세 마녀   (가마솥 주변을 빙글빙글 돌며)

　　고통도 고민도 커지고 또 커져라.
　　불길아 타올라라 가마솥아 끓어라. (가마솥을 젓는다)

마녀2   (역시 같은 노래조로)

늪에서 자란 독사의 살점아
끓어라 익어라 가마솥 속에서
도롱뇽의 눈알과 개구리 발가락
박쥐의 깃털과 개 헛바닥
독사의 갈라진 혀와 맹사의 독침
도마뱀의 다리와 올빼미의 날개
이 주문으로 무서운 재앙을 일으켜
지옥의 국물처럼 펄펄 끓어라

세 마녀 (또 돌고 돌면서)

고통도 고민도 커지고 또 커져라
불길아 타올라라 가마솥아 끓어리

마녀3 (역시 같은 박자로)

용의 비늘 늑대의 이빨
마녀의 미이라 탐욕스런
상어의 위와 창자
밤에 캐낸 독초의 뿌리
신을 모독하는 유태인의 간장
산양의 쓸개와 월식의 밤에
꺾은 주목의 가지들
터어키 인의 코, 타르타르 인의 입술
창녀가 낳아서 목을 졸라 죽여

시궁창에 버린 갓난애의 손가락
죄다 집어넣어 진국으로 끓여라.
호랑이 내장을 더 넣어서
가마솥 국을 진하게 끓여라

세 마녀 (또 돌고 돌며)

고통과 고난도 커지고 또 커져라.
불길아 타올라라 가마솥아 끓어라 (가마솥을 휘젓는
다)

마녀2 원숭이 피를 부으면 주문이 잘 듣는다.

헤커티 다른 세 마녀를 대동하고 등장.

헤커티 오, 잘 끓였다! 수고들 했다. 수확은 모두에게 나
누어 주마. 자, 가마솥 주위를 돌면서 노래 불러라, 꼬마 요
정들처럼 원을 그리며 어서 빨리 가마솥 국물에다 주문을
걸자.

음악과 노래.「검은 정령……」으로 노래가 시작된다. 헤커티 퇴장.

마녀2 엄지 손가락이 쑤시는 걸 보니 이리로 악인이 오
나 부다.

열려라 자물쇠야.
누구든 문을 두드리면!

문이 열리자 맥베드의 모습이 나타난다.

맥베드 (안으로 들어오며) 야, 심야에 은밀히 흉악한 짓을 꾀하는 마녀들아! 뭣을 하고 있느냐?

세 마녀 우리가 하는 일에 무슨 이름이 있겠소.

맥베드 부탁이다, 너희들은 어떻게 해서 예언의 마력을 가졌는지 모르지만 신통력을 갖고 있을진대 내 말에 대답해 다오. 너희들이 바람을 휘몰아쳐 교회를 넘어뜨리든, 거품 이는 파도가 배를 부셔 삼켜 버리는 바람에 덜 여문 곡식을 쓰러뜨리든, 또 나뭇가지를 부러뜨리든, 성벽이 파수병 머리 위에 무너져 떨어지든, 궁전과 탑이 땅에 기울어지든, 대자연의 귀중한 종자가 마구 뒤섞여 뭉개져 파괴란 놈이 그 자신도 신물이 날 지경이 되든 말든 상관 없으니 내가 묻는 말에 대답하라.

마녀1 말하라.

마녀2 물어보라.

마녀3 대답해 주지.

마녀1 우리한테서 듣겠느냐, 그렇지 않으면 우리 주인님 한테서 듣겠느냐 어느 쪽인가?

맥베드 당장 불러다오, 곧 만나봐야겠다!

마녀1 제 새끼 아홉 마리를 잡아먹은 암퇘지의 피를 쏟아 부어라. 그리고 불길 속 교수대에서 흘러 내린 그 살인자의 지방을 넣어라.

세 마녀 지옥의 어중이 떠중이 마녀들아, 어서 모습을 나타내어 어디 신명떨음 한판 해보자.

천둥. 가마솥에서 환영1이 나타난다. 맥베드와 같은 헬멧을 쓰고 있다.

맥베드 내게 말을 하라. 네가 어떤 신통력을 가지고 있는지 모르나 ——.

마녀1 그쪽에선 그대의 마음을 잘 알고 있으니 듣기만 하라, 아무 말 말라.

환영1 맥베드! 맥베드! 맥베드여! 맥다프를 경계하라, 파이프의 영주를 조심하라. 이만 가겠다. 할 말은 다 했다. (가마솥 속으로 사라진다)

맥베드 네가 뭔지 모르나 좋은 충고를 주어 고맙게 생각한다. 넌 내가 무서워하고 있는 것을 알아맞췄다. 하지만 한 마디만 더 ——.

마녀1 부탁한들 소용 없다. 또 하나가 나타났다. 아까 것보다 더 무서운 힘이 있다.

천둥. 환영2 피투성이가 된 어린이의 모습을 하고 등장.

환영2 맥베드! 맥베드! 맥베드여!

맥베드 귀가 세 개 있다면 네 말을 한마디도 놓치지 않겠다.

환영2 잔인하게 대담하게 용감하게 행하라. 인간의 힘은 일소에 붙여라. 여자가 낳은 자로 맥베드를 해칠 자는 없다. (가마솥 속으로 사라진다)

맥베드 그럼 맥다프야, 살아 있거라. 내 널 무서워할 것도 없다. 하지만 뒤탈이 없게 하기 위해 운명한테서 증서 하나를 받아 두어야겠다. 너의 숨통을 끊는 거다. 그래야 난 겁쟁이 근성일랑 뽑아 버리고 천둥 속에서도 느긋이 자게 될 것이다.

천둥. 왕관을 쓴 어린이 환영3이 손에 나뭇가지를 들고 등장.

이건 또 무엇이냐? 그 작은 이마에 주권자의 표시인 금테를 두르고 왕의 자손 같은 모습을 하고 떠올랐으니.

세 마녀 들으라, 말을 해선 안된다.

환영3 사자의 기개를 간직하고 오만을 떨라. 누가 성깔을 부리든, 누가 능멸을 하든, 어디서 역적이 나타나든 신경을 곤두세우지 말라. 버어남의 무성한 숲이 단시네인의 높은 언덕까지 공격해 오지 않는 한 맥베드는 결코 멸망하지 않으리라. (가마솥 속으로 사라진다)

맥베드 그럴 리 없다. 누가 숲을 징발할 수 있겠는가, 나무에게 땅 속 깊이 박은 뿌리를 뽑고 나오라고 명령할 수 있겠는가? 유쾌한 예언이다! 좋다. 버어남의 숲이 활개를 쳐 일어나기 전에는 역적의 시신(屍身)은 고개를 들지 못하리라. 이 나라 국왕인 맥베드는 천수를 누릴 것이며 마지막 눈을 감을 때까지 안락하게 살 것이다. 그러나 한 가지 궁금증이 내 가슴을 조인다. 만일 너희들의 신통력으로 알 수 있다면 어서 말을 하라, 뱅코우의 자손이 앞으로 왕권을 잡을 것이냐?

세 마녀 더 이상 알려고 하지 말라.

맥베드 꼭 알아야겠다. 싫다고 하면 너희들은 영겁의 저주를 받을 것이다! 알려다오…….

가마솥이 땅 속으로 꺼지면서 오보에의 소리가 들려온다.

왜 저 가마솥이 가라앉느냐? 이 소린 무엇이냐?

마녀1 보여줘라!

마녀2 보여줘라!

마녀3 보여줘라!

세 마녀 그자의 눈이 보게 하여 슬프게 하여 주자. 그림자같이 나타나서 그림자같이 사라져라.

여덟 사람의 왕의 환영이 일렬로 나타나서 한 사람씩 동굴 안쪽으로 가로질러 간다. 이때 맥베드는 대사를 말한다. 최후의 왕이 손에 거울을 들고 있다. 뱅코우의 망령이 그 뒤에 따라나선다.

맥베드 너는 뱅코우의 유령과 꼭 닮았구나. 물러가라! 너의 왕관을 보니 나의 눈알을 단근질하는 것 같다. 그리고 바로 뒤에서 똑같이 금관을 쓰고 오는 자의 머리털도 처음 놈과 같구나. 셋째 놈도 그렇고. 이 못된 마귀할멈들아! 왜 이런 걸 내게 보이느냐? ——넷째 놈도야? 눈알아, 툭 튀어 나오너라! 젠장, 이 행렬은 최후 심판일의 나팔소리가 울릴 때까지 계속될 셈이냐? 또 한놈이 온다! 일곱째! 더 이상 보기 싫다. 여덟째가 나타난다, 그놈은 거울을 들고 있구나. 숱한 것을 내게 보여줄 속셈이더냐? 어떤 놈은 두 개의 옥구슬과 왕홀을 세 개 들고 있다. 무서운 광경이다!…… 이제 보니 사실이로구나, 머리가 피투성이가 된 뱅코우가 날 보고 히죽히죽 웃으면서 그놈들을 자기 자손이라고 가리키고 있지 않는가. 말하라, 정말로 이렇게 되는 거냐?

마녀1 그래 다 사실이다. 그런데 왜 맥베드는 놀라서 서 있기만 하지? 자, 우리 이 사람에게 용기를 돋우어 주자. 우리들의 즐거운 놀이를 보여 주자. 난 공기에게 주문을 걸어 좋은 음악을 들려줄 테니 너희들은 윤무(輪舞)를 자지러지게 추어라. 이 위대하신 국왕폐하께서 우릴 보고 대접을 잘 해 주어서 고맙다는 치사를 하실 거다.

음악. 마녀들 춤을 춘다. 홀연히 사라진다.

맥베드 어디로 갔지? 사라졌나? 이 불길한 시간아, 달력에 영원히 저주 받는 날로 남아 있거라. 밖에 누가 있느냐, 이리 들라!

레녹스 등장.

레녹스 무슨 분부시옵니까?
맥베드 경은 마녀들을 보았소?
레녹스 보지 못하였사옵니다, 폐하.
맥베드 경의 옆을 지나가지 않았소?
레녹스 폐하, 아무것도 지나가지 않았나이다.
맥베드 그것들이 타고 다니는 바람은 썩어 문드러져라, 그것들을 믿는 자들은 지옥에 떨어져라! 말발굽 소리가 들렸는데. 누가 왔소?
레녹스 몇 전령이 맥다프가 영국으로 탈주했다는 소식을 가지고 왔나이다.
맥베드 영국으로 탈주!
레녹스 그러하옵니다. 폐하!

맥베드 (방백) 시간이여, 너는 나의 무서운 계략을 먼저 알아차려 내 뒤통수를 쳤구나. 재빠른 계획도 실행이 뒤따르지 않으면 뭍에 오른 물고기지. 이 순간부턴 마음 속에 움트는 생각은 곧바로 이 손으로 하여금 행하게 하자. 지금부터라도 사상에 실행이 동반하기 위해 생각하기가 무섭게 실천에 옮기자. 맥다프의 성을 불시에 습격하여 파이프를 삼켜 버리자. 그의 처자와 불행한 혈연들을 다 요절내자. 무지랭이가 언죽번죽 내뱉는 장담은 아니다. 계획이 식기 전에 실행하는 거다. 환영은 보기도 싫다! 그 사람들은 어디 있느냐? 자, 그리로 안내하라. (두 사람 퇴장)

제 2 장   파이프. 맥다프의 성

맥다프 부인, 그녀의 아들, 그리고 로스 등장.

맥다프 부인   그이가 무슨 일을 하였기에 탈주했나요?

로스   부인, 참으십시오.

맥다프 부인   참을성이 없는 건 그이에요. 탈주하다니 정신이 돌았어요. 아무 일도 하지 않았으면서도 지레 겁을 먹기 때문에 역적으로 몰리는 겁니다.

로스   그분이 분별이 있어 그랬는지 무서워서 그랬는지 누구도 모를 일입니다.

맥다프 부인   분별이라구요! 아내도 자식들도 집도 모든 지위도 다 헌신짝처럼 내팽개치고 두려워서 혼자 달아난 것이 분별인가요? 남편은 처자식을 사랑하지 않아요. 인정머리 없는 사람예요. 새 중에 제일 작은 하찮은 굴뚝새도 둥지에 있는 새끼새를 위해선 올빼미하고도 사생결단을 하지 않습니까? 모두 겁 때문이에요, 그인 애정이라곤 조금도 없어요. 분별이 무슨 얼어죽을 분별입니까? 전혀 이유도 없이 도망부터 쳤으니 말예요.

로스   부인, 진정하십시오. 주인께서는 고귀하고 현명하고, 사려 깊으십니다. 시국의 변동에도 밝으신 분입니다. 자세히 말씀드릴 순 없습니다만 요즈막 시국은 갈치가 갈치 꼬리 물 듯 고약합니다. 자기도 모르는 사이에 역적의 누명을 쓰기도 합니다. 우리가 뜬소문에 귀를 밝히는 건 누구나 두려움에 질려 있기 때문입니다. 그렇다고 뭐가 두려운지 모르고 있죠. 다만 거칠고 사나운 파도 위를 이리저리 떠다니고 있을 뿐입니다. 이만 물러갑니다. 일간 또 찾아뵙겠습니다. 경난(經難)도 고비가 있습니다. 이 고비만 넘으면 재앙도 풀리어 예전처럼 좋아질 겁니다. 귀여운 아가야, 잘 있거라!

맥다프 부인 이애는 아버지가 버젓이 있으면서도 아비 없는 자식이 됐습니다.

로스 이 이상 더 지체한다는 건 미욱한 일입니다. 저 자신의 봉욕은 고사하고 부인까지 난처하게 만들까 염려됩니다. 안녕히 계십시오. (황황히 퇴장)

맥다프 부인 애, 너의 아빠는 돌아가셨단다. 너 이제부터 어떻게 하겠니? 어떻게 살아갈래?

아들 새같이 살지 뭐, 엄마.

맥다프 부인 그럼, 벌레나 파리를 잡아먹고?

아들 뭐든지 잡히는 대로 잡아먹지, 새처럼.

맥다프 부인 아이구 가엾어라! 너는 그물도 끈끈이도 함정도 새덫도 무섭지 않니?

아들 무섭긴 뭐가 무서워, 엄마? 불쌍한 새한테는 해꼬지 안해요. 엄마가 뭐라고 해도 아빤 돌아가시지 않았어.

맥다프 부인 아냐, 돌아가셨단다. 아빠가 안 계셔서 어떻게 할 테냐?

아들 그럼, 엄마는 어떻게 할 거야, 남편이 없으면?

맥다프 부인 시장에 가면 남편쯤은 수두룩 있단다.

아들 그럼 샀다가 팔 건가?

맥다프 부인 넌 참 영특하구나, 머리에 피도 안 마른 애가 그런 말을 하다니.

아들 아빠 역적이에요, 엄마?

맥다프 부인 으응, 그래.

아들 역적이 무언데?

맥다프 부인 그래, 굳은 약속을 하고도 그걸 깨뜨리는 사람이란다.

아들 그런 사람은 다 역적인가?

맥다프 부인 으응, 그런 짓 하는 사람은 모두 역적이고 그래서 목매 죽인단다.

아들 그럼 약속을 하고 깨뜨린 사람은 다 목을 매 죽이나?

맥다프 부인 응, 누구나 다.

아들 누가 죽이는데?

맥다프 부인 그야 정직한 사람들이지.

아들 그럼 거짓말을 하거나 맹세를 하는 사람들은 다 멍충이야. 그런 사람들이 이 세상에는 훨씬 많은데 정직한 사람들을 때려주고 목을 매면 돼잖아?

맥다프 부인 원 요런 녀석 봤나, 가엾은 내 새끼! 그런데 넌 아빠가 안 계셔 어떻게 할래?

아들 아빠가 정말 돌아가셨다면 엄만 울게 아냐? 울지 않으니 금세 새아빠가 생기나 부다.

맥다프 부인 요 조잘쟁이야, 원 못하는 말이 없구나!

사자 한 사람 등장.

사자 안녕하십니까, 마님! 처음 뵙지만 소인은 마님의 높으신 신분을 잘 알고 있습니다. 마님 신변에 위험이 닥치고 있습니다. 미천한 사람의 충언이오나 귀담아 들으시고 이 자리를 뜨십시오, 애기씨들도 데리고 어서 이곳을 피하십시오. 이렇게 놀라게 해 드려 잔인한 일인 줄 압니다만 위험이 신변에 절박했는데도 말씀을 안 드리면 더욱 잔인한 일이 될까 염려되옵니다. 하늘의 보살핌이 있으시기를! 소인은 더 이상 지체할 수 없습니다. (급히 퇴장)

맥다프 부인 어디로 피신하지? 난 남을 해꼬지 한 일이 없는데. 그렇지만 난 속세에 살고 있고 속세에서는 악한 일이 흔히 칭찬 받게 되고, 선한 일을 위험하고 미욱한 짓으로 여기게 되니 말이야. 아, 그렇다면 내 악한 일을 한 일이 없다고 떠들고 짓까분들 무슨 소용이 있으랴.

자객들 등장.

아니, 저 얼굴들은?

자객 남편은 어디 있느냐?

맥다프 부인 너희들 같은 것들이 찾아낼 수 있는 그런 더러운 곳에는 계시지 않다.

자객 그잔 역적이다.

아들 거짓말 말어, 털보, 불한당.

자객 어쩌구 어째, 요 새끼 봐라! (칼로 찌른다) 반역자의 새끼놈!

아들 엄마, 저 사람이 날 죽여. 어서 달아나! (죽는다) (맥다프 부인 "살인이야"하고 외치면서 급히 달아난다. 자객들

이 그녀를 쫓아간다)

제 3 장   영국. 에드워드 왕의 궁전 앞

맬컴과 맥다프 등장.

맬컴   어디 인기척 없는 그늘진 곳을 찾아가서 슬픔 맺힌 가슴이 시원하게 풀리도록 울어나 봅시다.

맥다프   그것보다 응징의 칼을 잡고 용사답게 쓰러진 조국을 구합시다. 아침마다 새 과부들이 통곡을 하고 새 고아들이 아우성치고 한맺힌 소리가 하늘을 찌르고 하늘도 스코틀랜드의 비운을 동정하듯 비통한 소릴 질러대고 있습니다.

맬컴   믿을 수만 있다면 내 어찌 통곡인들 안 하겠소. 사태를 확실히 알 수만 있다면 내 어찌 믿지 않겠소. 구제할 수 있는 일이라면 좋은 시기를 택해 구제하리다. 그야 경이 하신 말씀이 맞는지도 모릅니다. 이름만 입에 올려도 혀가 부르틀 것 같은 그 폭군도 전에는 충성된 인간이라 생각되던 자요. 경도 그잘 경애하였구. 그잔 아직 경에게 마수를 뻗지 않고 있소. 난 나어린 사람이지만 날 꾀바르게 이용만 한다면 그자의 환심을 살 수 있잖겠소? 신의 무서운 진노를 풀게 하려면 나약하고 불쌍한 죄없는 양을 제물로 바치는 것이 가장 지혜로운 방법일 거요.

맥다프   전 역적이 아닙니다.

맬컴   하지만 맥베드는 역모하고 말았소. 까마귀가 오디 싫어하지 않듯 선량하고 유덕한 성품도 왕권에 눈이 어두워지면 무너지게 마련이오. 용서하시오. 경의 본심이 변할 리 없다는 건 나도 잘 아오. 비록 가장 빛나는 천사가 타락하여 지옥에 떨어졌다 할지라도 천사는 여전히 빛나는 것이오. 더러운 것들이 미덕의 탈을 썼다 할지라도 미덕이 아닌 것이 미덕으로 보일 순 없는 것이오.

맥다프 저는 모든 희망을 잃었습니다.

맬컴 내가 경을 의심하게 된 건 경이 모든 희망을 잃었다는 바로 그 점이오. 어째서 경은 처자식을 불더미 속에다 내팽개치고 혼자만 왔단 말이오. 삶의 소중한 원천이며 사랑의 탯줄인 처자식에게 작별의 인사 한마디 없이 왔단 말이오? 나의 의심을 모욕으로만 생각지는 마시오. 내 안전을 위해서 하는 말이니까. 하긴 경이 한 일이 옳았는지도 모르오, 내가 어떻게 생각하든.

맥다프 피를, 피를 흘려라, 불행한 조국이여! 무서운 폭정이여, 대지에 뿌리를 뻗고 싶거든 뻗어라, 어떤 선의도 너를 막을 수 없게 되었다. 네 마음대로 악을 행하라, 너의 권리는 이미 확인된 바다! 전하, 저는 물러가겠나이다. 전하가 생각하는 그러한 악당이 되지는 않을 것입니다. 그 찬탈자가 가지고 있는 전 국토를 소신에게 주고 그 위에 풍요한 동방의 나라를 덧붙여 준다 하더라도 말입니다.

맬컴 노하지 마시오. 절대로 경을 못미더워하는 말이 아니오. 나는 우리나라가 압제하에서 신음하는 것을 아오. 조국은 울고 있소, 피를 흘리고 있소, 날이 갈수록 조국의 상처는 후벼지고 할켜져 무섭게 짓물러 가고 있소. 날 위해 궐기할 사람들도 있으리라고 아오. 그리고 인자하신 영국 왕께서는 수천 명의 용감한 원병을 내주신다고 하오. 그러나 내가 폭군의 머리를 발로 짓뭉개고 칼끝에 꿰어 매달게 되는 경우 나의 불쌍한 조국은 이전보다 더 많은 병폐가 발생할 것이며 그 뒤를 잇는 군주의 발톱에 할켜 전보다 더 도탄의 구렁 속에 빠지게 될 것이오.

맥다프 그 군주란 누구십니까?

맬컴 바로 나요. 이 몸에는 온갖 악이란 악이 들끓고 있소, 그것들이 고개를 드는 날에는 속이 시꺼먼 맥베드도 흰 눈처럼 순백하게 보일 것이오. 가련한 국가는 나의 해악이 한이 없는 것과 비교하여 그자를 양처럼 생각하게 될 것이오.

맥다프 무서운 지옥의 아수라들 중에서도 맥베드를 뺨칠 만큼 잔인무도한 악마는 없을 것입니다.

맬컴 사실 그자는 잔인하고, 음탕하고, 이악스런 욕심쟁이에다, 거짓말엔 이력이 났고, 속여 꼬여먹기 잘하며, 성미가 불 같고, 해악이 지극하고, 온갖 죄악의 뭉치요. 그러나 나의 음탕은 밑바닥이 없소. 유부녀건, 규수건, 아녀자건, 처녀건, 아무리 많아도 내 음욕의 독을 채울 순 없을 거요. 명치끝까지 차 오른 내 정욕은 어떤 장애물도 부숴 버릴 것이오. 이러한 인간이 나라를 다스리느니 차라리 맥베드가 나을 것이오.

맥다프 한없이 방탕한 심성(心性)도 포학에 틀림없습니다. 그것 때문에 영광된 왕위를 하루 아침에 찬탈 당하기도 하였고, 허다한 군주들이 몰락도 하였습니다. 그러나 정당한 당신의 것을 찾으시려는데 두려워하실 것이 뭐가 있습니까. 눈에 안 띄게 많은 재미를 보시되 시치미를 떼고 세상의 눈을 속일 수도 있지 않습니까. 기꺼이 몸을 바칠 여자는 얼마든지 있습니다. 그리고 국왕의 뜻을 헤아려 몸을 허락할 여자가 부지기수일지니 아무리 색욕에 걸근거리셔도 그 여자들을 모두 탐식할 순 없을 겁니다.

　　맬컴　실은 그뿐이 아니오. 내 나쁜 심성 속에는 한없는 물욕이 도사리고 있소. 내가 왕이 되면 영토를 탐하여 귀족들의 목을 벨 것이오. 저 사람의 보석과 이 사람의 저택을 탐할 것이오. 내 탐욕은 많이 가질수록 더욱 기승을 부려 선량하고 충성된 사람들의 재물을 탐내 공정치 못한 싸움을 걸어 그들을 파멸시킬 것이오.

　　맥다프　그 탐욕은 여름철의 짧은 색욕에 비하면 더 뿌리가 깊고 강한 독이 묻어 있습니다. 오늘까지 많은 국왕들이 탐욕으로 모살되지 않았습니까. 그러나 염려 마십시오. 스코틀랜드에는 전하가 소유한 것만 갖고도 전하의 욕망을 넉넉히 채울 수 있는 만큼 자원이 풍부하게 있습니다. 그런 흠쯤은 다른 미덕을 가지셨으면 문제가 되지 않습니다.

　　맬컴　내겐 미덕은 하나도 없소. 왕자다운 미덕이라 할 공정, 진실, 자제, 인정, 관용, 끈기, 자비, 겸손, 신심, 인내, 용기, 불굴의 의지 따위를 털끝만큼도 갖고 있지 않아요. 난 가지각색의 죄악을 다 뭉뚱그려 갖고 있으며 그것들이 여러 가지로 행동하고 있단 말이오. 만일 내가 대권을 잡게 되면 달콤한 평화는 지옥의 불길 속에 쏟아 버리고 세계의 안녕을 교란시켜 지상의 모든 통일을 파괴할 것이오.

　　맥다프　오, 스코틀랜드! 스코틀랜드여!

　　맬컴　이러한 인간인데 나라를 통치할 자격이 있다면 말해 보시오. 이 사람은 그러한 위인이오.

   맥다프   나라를 다스릴 만한 자격이 있냐구요! 참 기절초
풍할 일이군요. 생존하실 자격조차 없습니다. 오 가련한 백
성들이여! 피문은 왕홀을 든 찬탈자의 압제를 벗어나 너는
언제 다시 평화스런 날을 맞으하게 될 것이냐? 왕실의 진정
한 후계자는 스스로 자신에게 죄명을 붙이고 왕통을 모욕하
고 있지 않은가? 부왕께서는 성인과 같은 어른이셨습니다.
그리고 전하를 낳으신 왕비전하께서는 서서 계실 때보다 꿇
어앉아 계실 때가 더 많으셨으며 매일 살아계신 몸으로 죽
는 고행을 하시는 모후이셨습니다. 안녕히 계십시오! 전하
께서 악덕을 가지셨다고 되풀이 자인하시니 소신은 이제 스
코틀랜드에서 영원히 추방되고 말았습니다. 오 나의 가슴이
여, 너의 희망은 여기서 끊어졌도다.

   맬컴   맥다프 경, 경의 성실한 마음에서 우러나온 그 고결
한 고뇌는 내 마음 속에 앙금이 되었던 컴컴한 의혹을 말끔
히 삭여 주었소. 이젠 경의 진심과 충절을 굳게 믿겠소. 실은
저 악마 같은 맥베드는 각종 모계(謀計)를 써서 날 자기 손
아귀에 넣으려고 하오. 그래서 사람을 경솔히 믿다가는 허방
에 빠질까봐 경계를 해온 것이오. 그러나 다행히도 하나님이
우리 둘 사이를 마음으로 묶어 주셨소! 이젠 경의 지시에 따
르리다. 나 자신을 비방한 것은 다 취소하겠소. 내가 자신에
게 가한 오욕과 비난은 내 심성하고는 전혀 무관하오. 난 아
직도 여자와 관계한 일이 없소, 위증한 적도 없소. 내것마저
도 별로 욕심을 가져본 일이 없소, 한번도 신의를 저버린 적
도 없구, 비록 상대가 악마라 할지라도 배반하진 않겠소, 생

명보다도 진실을 더 소중히 여겨 왔소. 내가 거짓말을 한 것은 이번이 처음이오. 나의 진심은 모든 것을 당신에게 맡겨 불행한 조국에 바치리다. 실은 경이 여기 오시기 전에 시워드 장군이 일만 명의 용맹한 병사를 이끌고 이미 본국으로 출정하였소. 자 우리 함께 의논합시다. 우리에겐 대의명분이 있으니 기필코 승리를 거둘 것이오! 왜 아무 말이 없소?

맥다프   이렇게 반가운 일과 반갑지 않은 일이 한꺼번에 닥치니 입이 좀처럼 열리지 않습니다.

전의가 궁전에서 나온다.

맬컴   그럼 후에 또. 폐하께서 오시오?

의사   그렇습니다, 전하. 폐하의 치료를 받으려고 불쌍한 사람들이 많이 몰려 들었습니다. 그들의 병은 아무리 고명한 의술이라도 효험이 없습니다. 하오나 그게 폐하의 손길이 한 번 가기만 하면, 그런 신통력을 하늘로부터 받으셨으리라 사려되지만 곧 치유됩니다.

맬컴   전의, 고맙소. (전의 퇴장)

맥다프   무슨 병 말씀입니까?

맬컴   소위 '왕의 병'이라는 거요. 내가 영국에 온 후로 자주 목격한 것이지만, 인자하신 폐하께서 보여 주신 참으로 놀랄 만한 기적이오. 어떻게 해서 그런 신통력을 가지게 되셨는지 모르지만 그 비법은 국왕만이 알고 있소. 괴이한 병에 걸려 앓는 사람들이, 보기에도 끔찍하게 전신이 부어오르고 곪아서 진물이 흘러 의사도 손을 댈 수 없는 상처를 폐하께서 환자의 목에 금화 한 닢을 걸고 경건히 기도를 올리시면 깜쪽같이 치유가 되오. 듣자 하니 폐하께선 이 신비한 요법을 그 자손에게 물리신다 하오. 폐하께선 이러한 신통력뿐만 아니라 예언의 신통력도 가지셨다 하오. 여러 가지 천복이 옥좌를 둘러싸고 있음은 폐하의 덕이 넘쳐 흐르고 있음을 말해 주는 증거가 아니겠소.

로스 등장.

맥다프 저쪽에 누가 오고 있습니다.
맬컴 동포인 듯한데 누굴까?
맥다프 오, 나의 친척이 아니오? 잘 오셨소이다.
맬컴 이제야 알겠소. 자비로운 신이여, 동포들 사이를 가로막는 장벽을 허물어 주소서!
로스 그렇게 기도드리나이다.
맥다프 지금 스코틀랜드 형편은 어떻소?
로스 아 비참한 조국이여, 조국의 모습을 알게 되면 소름이 끼칠 겁니다. 모국은 바로 무덤입니다. 천치 아니고서는 웃는 낯을 볼 수 없는 나라입니다. 탄식과 신음과 악다구니 끓는 소리가 하늘을 찢어도 누구 하나 눈 깜짝하는 사람이 없습니다. 가슴을 치는 비통도 예사로운 일로밖에 안 보입니다. 장례식 종소리가 울려도 누가 죽었는지 묻는 사람조차 없지요. 선량한 사람들의 생명은 모자에 꽂은 꽃보다도 속히 시들고 사람들은 병도 들기 전에 맥없이 쓰러져 죽어 갑니다.
맥다프 오, 너무나 정확하고 너무나 진실한 말씀이오!
맬컴 최근의 비통한 사건은요?

로스 한 시간 전에 일어난 이야기를 하면 웃음거리가 됩니다. 일각마다 새로운 비통한 일이 일어나거든요.

맥다프 제 처는 어떻게 지내고 있소?

로스 네, 무사합니다.

맥다프 어린것들은?

로스 잘들 있지요.

맥다프 폭군도 거기까진 칼을 들이대지 못했군.

로스 그래요, 내가 떠날 때까진 별일 없었습니다.

맥다프 말씀을 시원히 해 주오. 어떻게 돼 가고 있는 거요?

로스 내가 슬픈 소식을 가지고 여기 오려고 했을 때 마침 우국지사들이 들고일어났다는 풍문을 들었죠. 폭군의 군대가 출동하는 것을 제가 목격했으니까 뜬소문이 아니란 말요. 드디어 때는 왔습니다, 원군을 보내야 합니다. 왕자 전하께서 스코틀랜드에 나타나시기만 하면 백성들이 구름처럼 모여 싸울 것입니다. 아녀자들도 무서운 고통을 면하기 위해 창칼을 잡을 것입니다.

맬컴 동포들은 안심해도 되오. 우린 이미 조국을 향하여 출진하고 있소. 인자하신 영국 왕은 나에게 시워드 장군과 일만 명의 원병을 빌려 주었소. 장군은 아무리 기독교 국가를 둘러봐도 둘도 없는 용맹스런 장군이오.

로스 이 기쁜 소식에 맞장구칠 기쁜 소식이라면 얼마나 좋겠습니까! 그러나 내가 가지고 온 소식은 아무도 듣지 않는 황야에서 허공을 향해 짖어대어 마땅한 것입니다.

맥다프 대관절 무슨 소식이오? 여러 사람들에 관한 거요? 아니면 어느 한 사람의 가슴 아픈 소식이오?

로스 인정있는 사람이라면 누구나 그 슬픔을 함께 나눌 것입니다. 맥다프 경, 당신에 관한 일입니다.

맥다프 내게 관한 얘기라면 숨기지 말고 빨리 말해 주오.

로스 나에게 말을 듣는 경의 귀가 내 혀를 영원히 원망하진 마십시오. 생전 처음 들으시는 비통한 소식입니다.

맥다프 으흠! 짐작하겠소.

로스 경의 성은 급습을 당했고, 부인과 어린애들이 모두 무참히 살해되었습니다. 더 자세히 말씀 드리는 것은 살해된 죄 없는 사슴의 시체더미에 경의 시체를 하나 더 쌓아 놓는 격이 될 겁니다.

맬컴 오, 하느님 맙소사! 이것 보시오! 모자로 얼굴을 가릴 것 없소. 슬플 때는 실컷 울어야 되는 법. 슬픔을 억누르면 그만 가슴이 미어지고 마오.

맥다프 어린것들도?

로스 부인도, 애들도, 하인들도, 있었던 사람들은 모두.

맥다프 그런데 나만 이처럼 멀리 떠나와 있다니! 아내도 살해당하였고?

로스 네, 그렇습니다.

맬컴 너무 슬퍼 마시오. 이 크나큰 비통함을 치유하기 위해 대복수라는 극약을 사용합시다.

맥다프 자식이 없기 때문이다. 내 귀여운 애들도 모두? 전부라구? 오, 지옥의 독수리! 몽땅? 아니, 내 귀여운 병아리들과 어미닭을 한꺼번에 채 갔단 말이오?

맬컴 사내 대장부답게 감내해 주시오.

맥다프 그렇게 하겠습니다. 하오나 슬픔을 감읍하는 것도 사나이의 도리입니다. 신에게 가장 귀중한 피붙이를 어찌 잊을 수 있겠습니까. 오, 하느님은 보고만 계시고 도와주진 않으셨습니다. 죄많은 맥다프, 너 때문에 그들은 다 살해당했다. 나는 얼마나 쓸데없는 인간인가. 그들은 아무 죄없이 나 때문에 참변을 당했다. 신이여! 그들을 고이 잠들게 하소서!

맬컴 이 뼈아픈 슬픔을 칼을 가는 숫돌로 삼으십시다. 슬픔을 분노로 터트리시오. 마음을 모질게 먹고, 주먹을 불끈 쥐고 일어나시오.

맥다프 아, 눈으로는 여자같이 퉁퉁 붓도록 질탕하게 울고, 혀로는 허풍쟁이처럼 거드럭거릴 수 있다면 얼마나 좋을까! 아, 자비로운 신들이여! 모든 장애물을 없애 주시고 하루 속히 이 스코틀랜드의 악마를 나와 맞붙게 해주소서. 나의 칼 닿는 곳에 그자를 있게 해 주십시오. 만약 그자가 나의 칼끝을 피할 수 있다면 하늘이여, 그를 용서해 주소서!

맬컴 대장부다운 말이오. 자, 왕폐하께로 갑시다. 출진의 준비는 다 되었소. 남은 것은 하직인사뿐이오. 맥베드는 이젠 흔들면 떨어질 무르익은 과실과 같소. 천사들도 우리들을 격려해 주고 있소. 자, 밝은 마음으로 기운을 냅시다. 아무리 긴 밤이라도 날은 밝아오게 마련이오. (모두 퇴장)

제 5 막

●

꺼져라 꺼져, 짧은 촛불이여!
인생이란 걸어가는 그림자에 지나지 않는다.
잠시 동안 무대 위에서 흥이 나서 덩실거리지만 얼마
안 가서 잊혀지는 처량한 배우일 뿐이다. 바보
천치들이 지껄이는 이야기에 불과해.
— 5장 맥베드의 대사 중에서

제 1 장   던시네인 성 안의 한 방

전의와 시녀 등장.

전의 이틀밤이나 철야를 하며 함께 지켜보았으나 댁이 말한 사실은 볼 수 없었소. 왕비 전하께서 최근에 걸어다니신 것이 언제였죠?

시녀 폐하께서 출진하신 후 줄곧 목격해 왔는 걸요. 침상에서 일어나셔서 가운을 걸치시고는 벽장의 자물쇠를 열고 종이 쪽지를 꺼내시고 그것을 접으신 후 몇 자 끄적거리시고는 중얼중얼 읽으신 후 그것을 봉해 버리시고 곧장 침상으로 돌아가시는 거예요. 그런데 이렇게 하시는 동안 깊은 잠에 빠져 계셨거든요.

전의 아무래도 심한 정신착란증이 틀림없어요. 깊은 잠에 빠지시고도 깨어 계신 때처럼 행동하다니! 그렇게 몽유 상태로 걸어다니면서 여러 가지 일을 하실 때 무슨 말씀은 듣지 못했소?

시녀 죄송합니다만 그것만은 말씀드릴 수 없습니다.

전의 이 사람에겐 괜찮아요. 어서 말씀해 보세요.

시녀 누구한테도 말씀드릴 순 없습니다. 제 말을 뒷받침할 증거도 없는 걸요.

맥베드 부인 촛불을 들고 등장.

저걸 보세요, 나오십니다! 늘 저 모양이에요, 깊이 잠에 빠져 계시다니까요. 여기 숨어서 눈여겨 보세요.

전의 저 촛불은 어떻게 얻으셨을까?

시녀 머리맡에 있는 촛불이에요. 늘 머리맡에 켜 두라는 분부였어요.

전의 저것 보오, 눈을 뜨고 계시군.

시녀 예, 그렇지만 눈감으신 거나 다름없어요.

전의 아니, 무얼 하시고 계시는 건가? 왜 저렇게 손을 비비시지?

시녀 늘 저러시는 걸요, 저렇게 손을 씻으시는 시늉을 하셔요. 어떤 때는 15분 동안이나 계속하셔요.

맥베드 부인 아직도 흔적이 있다.

전의 들어 봐요, 말씀을 하시는군! 적어 둬야겠소. 잊어먹지 않게시리.

맥베드 부인 없어져라, 이 흉칙한 흔적! 없어지래두! 하나. 둘. 아, 지금이 해치울 시간이다. 왜 이렇게 지옥은 깜깜할까! 폐하, 이게 무슨 작태이옵니까! 장군답지 않게 무서워하시다니? 누가 알까봐 염려할 게 뭐 있어요? 우리의 권력을 시비할 자는 이 천하에 없어요. 하지만 그 늙은이가 그렇게 피가 많으리라고는 미처 몰랐어요.

전의 저 말을 들었소?

맥베드 부인 파이프 영주에게는 부인이 있었는데 지금은 어디 있을까? 어쩌지, 이 손은 영영 깨끗해질 수 없단 말인가? 그만해요, 제발 그만하시래두요. 그렇게 겁먹고 부들부들 떠시면 모든 일이 헛일이 되고 말아요.

전의 어이구, 저런. 들어선 안될 말을 듣고 말았군.

시녀 하여간 왕비 전하께서 하셔서는 안될 말씀까지 하셨어요. 세상사람들이 아무도 모르는 말을 하신 거죠.

맥베드 부인 아직도 피비린내가 난다. 아라비아의 온갖 향료로서도 이 작은 손의 악취를 없앨 수 없단 말인가. 아! 아! 아!

전의 저렇게 땅이 꺼져라 한숨을 지으시니! 마음이 심히 무거우신가 보군.

시녀 이 몸이 아무리 고귀하게 되더라도 저렇게 가슴을 저미는 탄식만은 갖고 싶지 않습니다.

전의 글쎄, 글쎄요 ——.

시녀 빨리 쾌유하시면 좋겠어요.

전의 이 병은 내 힘으로는 어찌할 도리가 없어요. 몽유병에 걸린 사람들 중에 편안히 운명한 분들도 없지 않소만.

맥베드 부인 손을 씻고 잠옷으로 갈아입으세요. 그렇게 백지장 같은 얼굴을 하지 마시구요. 재삼 말씀드리지만 뱅코우는 이미 땅 속에 파묻힌 사람이에요. 무덤에서 살아 나올린 없잖아요.

전의 음, 그렇군.

맥베드 부인 어서 침상으로 가세요, 침상으로. 누가 문을 두드립니다. 자 자 자 자, 손을 이리 주세요. 해치운 일은 이미 끝낸 일입니다. 침상으로 가세요, 침상으로 침상으로요. (퇴장)

전의 이젠 침실로 가시는 건가요?

시녀 예, 곧바로요.

전의 불미스런 소문이 낭자해요. 심상치 않은 악행은 심상치 않은 고민을 낳는 법. 독에 전염된 마음은 그 비밀의 고통을 귀가 없는 베개에다 말하는 법입니다. 왕비 전하에게 필요한 건 의사가 아니라 신부입니다. 신이여, 신이여, 우리 모두의 죄를 용서하여 주소서! 왕비 전하의 병수발을 잘해 드리시오. 위험한 물건들은 치우고 항상 눈여겨 지켜봐야 합니다. 그럼 안녕히. 정신이 혼미해져 눈앞이 어지럽군. 생각은 있어도 섣불리 입을 놀릴 순 없지.

시녀 안녕히 주무세요. (두 사람 퇴장)

제 2 장　단시네인 부근의 지방

대북과 군기를 든 사람들 등장. 멘티이드, 케이드네스, 앵거스, 레녹스, 그리고 병사들 등장.

멘티이드　영국군이 눈앞에까지 다가왔소, 맬컴 전하와 전하의 숙부 시워드, 그리고 맥다프가 진두지휘하는 것 같소. 복수심이 그들의 마음 속에서 불타오르고 있소. 그들의 뼈저린 포원(抱寃)을 안다면 시신이라도 분에 못 이겨 창칼을 들고 이 싸움에 뛰어들 것이오.

앵거스　아마 버어남 숲 근방에서 합세하게 될 것 같소, 저 길로 진격해 오니.

케이드네스　도날베인 왕자님도 그 형님 전하와 같이 오실까요?

레녹스　함께 계시지 않은 게 틀림없소. 나는 귀족분들의 명단을 가지고 있어요. 그 중에는 시워드의 아들과 이제 막 성년이 되는 아직 수염도 나지 않은 젊은이들이 수없이 참전하고 있소.

멘티이드　한데 폭군은 어떻게 하고 있소?

케이드네스　단시네인 성을 엄중히 방비하고 있다 하오. 그를 실성했다고 말하는 사람들도 있고 별로 그를 증오하지 않는 사람들은 용감한 분노라고도 평합니다. 그러나저러나 그 광기를 자제심의 혁대로 죄지 못하는 것만은 분명하오.

앵거스　그 사람도 이젠 느낄 겁니다, 은밀히 저지른 시역과 살상의 핏자국이 손에 엉겨붙어 떨어지지 않는다는 것을 말입니다. 시시각각으로 번치고 있는 반란의 불길이 그자의 반역을 비방하고 있습니다. 그자 휘하에 있는 사람들도 충성심에서가 아니고, 할 수 없이 명령에 따를 뿐이죠. 그자도 지금쯤은 왕의 칭호가 난장이 도둑놈이 거인의 옷을 훔쳐 입은 것처럼 몸에 맞지 않음을 느꼈을 겁니다.

멘티이드 하기야 그자의 역심이 겁을 먹고 어깻죽지를 움츠리는 것도 무리가 아니죠. 그의 마음 자체가 자기 자신을 저주하고 있는 판이니.

케이드네스 자 진군하여 의당 충성해야 하는 곳에 복종을 서약합시다. 병든 조국을 고쳐줄 명의를 만나러 갑시다. 그분과 함께 나라를 바로잡기 위해 우리들의 피를 최후의 한 방울까지 바칩시다.

레녹스 군주의 꽃에 이슬이 맺히고, 잡초는 시들어 죽게 할 만큼의 피를 바칩시다. 자 버어남으로 진군합시다. (진군하면서 모두 퇴장)

제 3 장   단신네인 성의 안뜰

맥베드, 전의, 시종들 등장.

맥베드   보고 따위는 이 이상 더 듣기 싫다. 도망갈 놈은 다 가라고 해. 버어남 숲이 단시네인으로 움직여 오지 않는 한 외눈도 깜짝 않는다. 애숭이 맬컴이 다 뭐야? 그놈이라고 여자 뱃속에서 태어나지 않았나? 인간의 모든 운명을 알고 있는 정령들이 나에게 이렇게 말했다, "두려워 말라 맥베드여, 여자 뱃속에서 태어난 자의 힘으로는 당신을 이기지 못하리라"고. 좋다, 가거라. 두 마음의 귀족들아, 어서 영국의 날탕패들과 한통속이 되어라. 나를 지배하는 이 정신, 이 용기는 불안으로 쇠잔해지거나 공포로 흔들리진 않는다.

시종 한 사람 등장.

차라리 악마한테 꺼멓게 그을려라, 얼굴이 새파란 시러베 같은 놈! 어디서 얼빠진 거위 같은 낯짝을 하고 왔느냐?
　　시종   실은 일만의 ——.
　　맥베드   뭐 거위라도 쳐들어 왔나? 얼뱅이야!
　　시종   아니옵니다, 병사들이 쳐들어 왔나이다.
　　맥베드   너의 그 낯짝을 할켜 그 겁먹은 낯짝을 붉은 피로 가리고 오너라, 소심한 애숭이야. 뭐 병사들이라고? 허수아비처럼 허벙한 놈! 뒈져 버려라! 네놈의 하얗게 질린 낯판대기를 보면 성한 사람까지도 겁쟁이가 되겠다. 무슨 병사들이란 말이냐? 파랗게 질린 겁보야!

시종 황공하오나 영국 병사들이옵니다.

맥베드 낯짝도 보기 싫다. 꺼져. (시종 퇴장) 시이튼! 저런 낯짝을 보면 구역질이 난다――시이튼, 없느냐!――이번 일전(一戰)에서 나는 영원히 영화를 누리느냐 아니면 몰락하느냐의 결판이 날 것이다. 나도 이만하면 장수했다. 내 생애도 이미 누런 잎이요, 조락한 가을이 아닌가. 더구나 노년에 따라야 하는 명예와 애정과 순종과 많은 친구들과는 인연이 없다. 아니, 그 대신으로 소리는 낮으나 뿌리 깊은 저주, 입만 번지르르한 존경, 속빈 아부 따위가 둘러싸고 있다. 물리치고 싶으나 내 마음이 연약해 뿌리치지 못하는구나. 시이튼!

시이튼 등장.

시이튼 무슨 분부이시옵니까?

맥베드 또 무슨 소식이 없느냐?

시이튼 지금까지의 보고가 모두 사실임이 판명되었습니다.

맥베드 내 뼈에서 살점이 떨어져 나갈 때까지 싸울 것이다. 갑옷을 가져 오너라.

시이튼 아직 그러실 필요는 없사옵니다.

맥베드 아니, 입겠다. 기병을 더 보내서 전국을 순찰시켜라. 공포심을 퍼뜨리는 자는 가차없이 사형에 처하라. 갑옷을 다오……. (시이튼 갑옷을 가지러 나간다. 전의에게) 전의, 환자는 어떠하오?

전의 병환이시라기보다는 꼬리에 꼬리를 무는 환상 때문에 고통을 겪으시어 잠을 이루지 못하시는가 봅니다.

맥베드 고쳐 주오. 전의는 병들어 있는 마음을 고칠 수 없단 말이오? 뿌리깊은 근심을 기억에서 뽑아내고 뇌리 속에 찍혀진 고통을 지워 버릴 순 없단 말이오? 사람을 망각의 달콤한 영약(靈藥)을 써서 마음 가득히 짓누르는 위험한 생각을 제거시켜 가슴을 시원하게 해줄 수는 없단 말이오?

시이튼 갑옷을 들고 돌아온다. 갑옷담당도 함께 등장하여 곧 맥베드에게 갑옷을 입히기 시작한다.

전의 그러기 위해서는 스스로 마음 써야 하는 외에는 달리 방법이 없는 줄로 아옵니다

맥베드 그렇다면 그놈의 의술 따위는 개에게나 줘라. 과인에겐 필요 없다. (시이튼에게) 어서 갑옷을 입혀라. 지휘장을 다오. 시이튼, 정찰병을 더 내보내. (전의에게) 전의, 영주들이 속속 탈출하고 있소. (시이튼에게) 자 어서 빨리 하라. ——(전의에게) 전의, 이 나라의 소변을 진찰하여 병증을 끄집어내서 독을 깨끗이 없애 예전처럼 건강한 모습으로 회생(回生)시킬 수만 있다면 과인은 그대를 칭송하리다. 그리고 그 칭송의 메아리가 다시 그대에게 울려퍼지도록 하리라. ——(시이튼에게) 그것은 필요 없어. ——(전의에게) 원컨대 대황(大黃)이나 센나나 또는 다른 설사약으로 무엄하게 이 땅을 넘보는 영국놈들을 모조리 쓸어낼 순 없소? 그자들의 소문을 들었는가?

전의 예, 폐하. 폐하의 전투준비 소문을 들었사옵니다.

맥베드 (시이튼에게) 나머지 장구(裝具)를 갖고 나를 따르라. 버어남 숲이 단시네인까지 진군해 오지 않는 한 죽음도 파멸도 무섭지 않다. (맥베드 퇴장. 시이튼 갑옷담당과 함께 뒤따라 퇴장)

전의 (방백) 단시네인에서 탈출할 수만 있다면 어떤 이득이 있다 해도 두번 다시 이곳에 돌아오지 않겠다. (퇴장)

제 4 장 버어남 부근의 시골

대북과 군기. 맬컴, 노 시워드, 그의 아들 시워드, 맥다프, 멘티이드, 케이드네스, 앵거스, 레녹스, 로스 그리고 병사들 진군하면서 등장.

맬컴 여러분, 이젠 집에서 편안히 있을 날도 머지 않소이다.

멘티이드 그러하옵니다.

시워드 저 숲은?

멘티이드 버어남 숲입니다.

맬컴 병사들로 하여금 나무를 한 가지씩 잘라서 머리에 꽂고 행진토록 하여라. 그러면 아군의 군병 수를 은폐할 수 있고 적군의 정탐을 속일 수도 있다.

병사 분부대로 거행하겠나이다.

시워드 보아하니 저 폭군은 자신만만한 모양인지 단시네인 성에 죽치고서 아군이 공격해 오는 것을 기다리고 있는 모양입니다.

맬컴 그것만이 그자가 취할 수 있는 길입니다. 지위 고하를 막론하고 부하들은 기회만 있으면 도망치려고 하고 있어요. 어쩔 수 없이 남아 있는 자들도 역시 마음은 떠난 상태입니다.

맥다프 그 추측이 맞는지 여부는 싸움의 승패가 증명할 것인즉 지금은 우리 모두 군인의 본분을 다해 분투하십시다.

시워드　때는 다가왔소. 곧 우리의 성패가 결판날 것이오. 그러면 우리의 것과 적의 것을 가리는 대차관계도 정해질 것이고. 예측은 부질없는 희망을 주지만 확실한 결과는 공격 만이 결정해 줄 것입니다. 자, 진군합시다. (모두 진군하면서 퇴장)

제 5 장 단시네인 성의 안뜰

맥베드, 시이튼, 그리고 병사들, 대북과 군기를 들고 등장.

맥베드 외벽에 군기를 매달아라. "적이 온다"고 아우성 치고 있구나. 우리의 성은 철벽처럼 견고하니 아무리 공격해도 끄떡없다. 언제까지라도 진치고 있을 테면 있으라지. 굶주림과 병으로 한놈도 살아남지 못할 것이다. 아군의 배반자들이 놈들에게 가세만 안했더라면 성문을 열고 나가서 얼굴이 맞닿을 때까지 접전하여 놈들을 제나라로 쫓아버릴 수 있을 것을. (안에서 여자들의 곡성) 저건 무슨 소리냐?

시이튼 여자들의 우는 소립니다, 폐하. (퇴장)

맥베드 이젠 공포의 맛도 거의 잊어 버렸다. 예전에는 밤의 어둠을 찢는 비명소리만 들어도 가슴이 털썩 내려앉은 적도 있었다. 끔찍한 얘기를 들으면 머리칼이 꼿꼿이 일어서 살아있듯이 움직인 적도 있었다. 공포를 맛볼 대로 맛본 나다. 살인에 이골이 난 내 마음은 공포 따위엔 끄떡도 않는다.

시이튼 다시 등장.

왜들 우느냐?

시이튼 폐하, 왕비 전하께서 운명하셨습니다.

맥베드 왕비도 언젠가는 죽어야겠지. 그러한 소식을 한번은 들어야 할 것이 아닌가. 내일이 오고, 내일이 지나가고, 또 내일이 와서 또 지나가고 시간은 하루하루를 한발 한발

거닐면서 역사의 마지막 순간까지 당도한다. 어제라는 날들은 모두 우매한 인간에게 티끌로 돌아가는 죽음의 길을 횃불처럼 밝혀 준다. 꺼져라 꺼져, 짧은 촛불이여! 인생이란 걸어가는 그림자에 지나지 않는다. 잠시 동안 무대 위에서 흥이 나서 덩실거리지만 얼마 안 가서 잊혀지는 처량한 배우일 뿐이다. 바보천치들이 지껄이는 이야기에 불과해, 떠들썩하고 분노가 대단하지만 알맹이가 없는 소리야.

사자 등장.

너는 혓바닥을 놀리러 왔겠지. 어서 말하라.

사자 폐하, 황송하오나 소인의 눈으로 직접 본 것을 아뢰야 하겠습니다. 하오나 어떻게 아뢰어야 좋을지 모르겠습니다.

맥베드 어서 말하래두.

사자 소인이 언덕 위에서 망을 보고 있던 바 우연히 버어남 쪽을 바라본즉 느닷없이 그 숲이 움직이기 시작하였습니다.

맥베드 거짓말 마라, 고얀 놈!

사자 만일 사실이 아니오면 어떠한 진노든지 달게 받겠나이다. 여기서 3마일 거리 안에서 확실히 이쪽으로 오고 있었습니다. 숲이 움직이면서 말입니다.

맥베드 만약에 거짓말이라면 네놈을 근처에 있는 나무에 산 채로 매달아 굶겨 죽일 테다. 그러나 네 말이 사실이라면 과인을 그렇게 해도 좋다. 내 결심이 왜 흔들리는가. 의심이 일기 시작한다, 마녀들이 진짜처럼 말을 꾸미어 알랑수를 부렸는지도 모른다. "버어남 숲이 단시네인으로 오지 않는 한 두려울 건 없다"고 했겠다. 그런데 지금 그 숲이 단시네인으로 다가오고 있다지 않는가. 무기다, 무기를 들라, 공격이다! 이 사자가 증언한 대로의 일이 일어났다면 움츠릴 수도 뛸 수도 없는 일. 이젠 태양을 보는 것도 역겹다. 이 세계의 질서도 산산조각으로 부서져 버려라. 비상종을 울리도록 해라! 바람아, 불어라! 파멸아, 오너라! 적어도 갑옷은 몸에 걸치고 죽자. (모두 황황히 퇴장)

제 6 장 단시네인 성문 앞

대북과 군기. 맬컴, 시워드, 맥다프, 그들의 휘하 군대, 나뭇가지를
앞에 들고 등장.

맬컴 이젠 다 왔소. 위장했던 나뭇가지들을 내던지고 모
습을 드러내라. 숙부님은 제 종제가 되는 아드님과 함께 선
봉을 맡아 주십시오. 나머지 모든 일은 맥다프경과 함께 작
전대로 하겠습니다.

시워드 무운을 빕니다. 오늘밤 폭군의 군대와 맞닥뜨리
면 생명을 걸고 끝까지 싸웁시다.

맥다프 나팔을 불어라. 힘차게 불어라, 유혈과 죽음을 알
리는 나팔을 불어라.

모두 나팔을 불며 진군.

제 7 장   단시네인 성문 앞

맥베드 성문에서 나온다.

맥베드   놈들이 날 말뚝에다 묶어 놓았으니 달아날 수도 없지만 곰이 날뛰듯 끝까지 싸워야만 한다. 대관절 여자 몸에서 태어나지 않은 자가 어느 누구냐? 그자 말고 무서운 놈은 없다.

젊은 시워드 등장.

젊은 시워드   누구냐? 이름을 대라.
맥베드   내 이름을 들으면 넌 겁에 질려 떨 것이다.
젊은 시워드   누구냐. 지옥의 악마보다 무서운 이름을 대도 겁날 것 없다.
맥베드   내 이름은 맥베드다.
젊은 시워드   악마보다도 내게는 더 가증스럽게 들린다.
맥베드   그렇다 뿐인가, 내 이름보다 더 무서운 이름도 없으렸다.
젊은 시워드   거짓말 마라, 포악한 찬탈자. 이 칼로 네놈의 거짓을 증명해 주겠다. (둘이 싸운다. 젊은 시워드 살해된다)
맥베드   네놈도 별수 없구나, 여자가 낳은 놈이군. 어떤 검도, 여자가 낳은 놈이 휘두르는 것이라면 어떤 무기를 휘둘러도 보잘것없다.

맥베드 퇴장. 그 방향에서 더욱 격렬한 전투 소리가 들려온다. 반대 방향에서 맥다프 등장.

맥다프 저쪽에서 떠드는 소리가 들렸다. 폭군아, 낯짝을 드러내라! 네놈은 죽어도 내 칼에 죽어야 한다. 그렇지 않으면 내 처자의 망령들이 네놈을 따라다니며 물고를 낼 것이다. 돈에 팔려 창을 들게 된 불쌍한 민병들을 죽이고 싶지는 않다. 맥베드, 너와 싸우든가, 아니면 칼날을 고이 칼집에 도로 집어넣으련다. 거기에 있을 것이 틀림없다. 저 요란한 소리는 큰놈이 있다는 증거다. 운명이여! 그놈을 만나게 해 다오! 그 이상 바랄 것이 없다. (퇴장)

맬컴과 시워드 등장.

시워드 이쪽입니다, 왕자 전하. 성은 손쉽게 함락했습니다. 폭군의 부하들은 두 파로 갈라져 싸우고 영주들도 용감히 싸우고 있습니다. 승리는 거의 왕자 전하의 것입니다. 이젠 별로 할 일도 없는 것 같습니다.

맬컴 적군이면서 아군 측이 되어 싸우고 있는 것을 나도 보았소.

시워드 자, 입성을 하십시오. (두 사람 성문으로 들어간다. 요란한 북소리와 트럼펫 소리)

제 8 장 단시네인 성문 앞

맥베드 등장.

맥베드 내가 뭣 때문에 로마의 머저리들 흉내를 내서 내 칼로 자살을 해? 살아있는 놈은 눈에 띄는 대로 베어 버리겠다.

맥다프 뒤를 좇아 등장.

맥다프 야, 지옥의 사냥개야, 돌아서라, 돌아서!

맥베드 네놈만은 봐줄려고 일부러 피했는데. 돌아가라, 내 심장은 벌써 네놈 가족들의 피로 가득 차 터질 지경이다.

맥다프 네놈과 말대꾸할 필요도 없다. 이 칼이 내 말을 대신할 거다. 말로 다할 수 없는 잔인무도한 역적아! (두 사람 싸운다. 경종소리)

맥베드 헛수고는 마라. 네놈의 칼이 아무리 날카로워도 공기에 칼자국을 낼 수 없듯이 내 몸에서 피를 내지는 못할 것이다. 그 칼이 행세할 수 있는 상대나 노리는 게 어때? 내 목숨엔 악마가 붙어 있다. 여자가 낳은 자에겐 절대로 당하지 않는다.

맥다프 검불 같은 그런 마력은 단념해라. 네놈이 신주처럼 믿는 마녀한테 물어 봐라. 맥다프는 달이 차기 전에 어머니 배를 가르고 나왔다.

맥베드 (경악하며) 그런 말을 나불대는 네놈의 혓바닥은 저주를 받을 거다. 그 말이 장부다운 내 용기를 분질러 놓고 말았다! 마녀들은 속임수를 썼다, 이젠 믿을 수 없다. 양다리 걸친 아리송한 말로 사람을 홀려대고선 약속을 지키는 척하더니 막판에 가서는 희망을 깨뜨려 주는구나. (맥다프에게) 너하곤 싸우지 않겠다.

맥다프 그렇다면 항복을 해라, 이 비겁한 놈아. 살려 줄 테니 세상의 웃음거리가 되어라. 괴물처럼 네놈의 화상을 막대기 끝에다 걸어놓고 그 아래에다 "폭군을 보라" 이렇게 방을 써서 붙이겠다.

맥베드 항복 같은 건 안한다, 애송이 맬컴의 발 밑에 부복하여 땅바닥을 핥고 어중이 떠중이들에게 욕을 볼 수는 없다. 비록 버어남 숲이 단시네인까지 다가왔고 여자가 낳지 않은 네놈과 맞선다 해도 난 끝까지 싸우겠다. 자, 여기에 이렇게 방패를 버린다. 덤벼라, 맥다프, "졌다!"하고 먼저 외치는 놈이 지옥의 불더미 속에 떨어질 것이다. (두 사람 성벽 아래에서 격전. 마침내 맥베드가 살해된다)

제 9 장 단시네인 성 안

전투중지의 트럼펫 소리. 대북과 군기와 더불어 맬컴, 시워드, 로스, 기타 영주들과 병사들 등장.

맬컴 여기 보이지 않는 아군의 전우들이 무사히 돌아와 주었으면 좋겠소.

시워드 약간의 출혈은 부득이한 일입니다. 그러나 보아 하니 극히 적은 희생으로 대승리를 얻은 줄 압니다.

맬컴 맥다프가 보이지 않소, 그리고 경의 아들도.

로스 아드님은 군인답게 최후를 마쳤습니다. 어린 나이 에도 성인 못지않게 한발짝도 물러서지 않고 당당히 싸워 장부다움을 증명하고 최후를 마쳤습니다.

시워드 그럼 그애가 전사하였소?

로스 그렇습니다, 유해는 싸움터에서 운구해 왔습니다. 훌륭한 아드님을 잃으셨기에 애통함도 말할 수 없이 크실 줄 압니다. 슬픔은 한이 없는 것입니다.

시워드 상처는 앞쪽에 있었소?

로스 네, 그렇습니다.

시워드 그렇다면 신의 용사가 되었소! 내 아들이 머리털 같이 많을지라도 그 이상 훌륭한 죽음을 바라지 않소. 이것 으로 내 아들의 애도를 마치리다.

맬컴 아니오, 이것으로 슬픔을 끝낼 순 없습니다. 애도를 제가 더 해드리겠습니다.

시워드 됐습니다. 그애는 훌륭한 죽음을 하였습니다, 군인의 의무를 다하였습니다. 그러니 신의 품안에 있기를 빌 뿐입니다! 저기서 기쁜 소식이 왔습니다.

맥다프, 맥베드의 머리를 장대에 꿰어들고 등장.

맥다프 국왕폐하 만세! 이젠 왕이 되셨습니다. 보십시오, 여기 찬탈자의 저주받은 머리가 있습니다. 이젠 만천하가 태평성대로 돌아왔습니다. 폐하를 둘러싼 쟁쟁한 인걸들이 마음 속에 신과 같은 축하의 뜻을 간직하고 있습니다. 자, 다같이 소리높여 외칩시다. 스코틀랜드 국왕 만세!

일동 스코틀랜드 국왕 만세! (트럼펫의 화려한 취주)

맬컴 불원간 경들의 충성에 대해선 응분한 보답을 하겠소. 영주들 그리고 근친들에게는 이후 백작을 봉할 터인즉, 이는 스코틀랜드에서 처음으로 수여되는 영예스런 작위일 것이오. 새로운 역사의 장이 열리는 이때에 우선 해야 할 일은 폭군의 엄중한 경계망을 뚫고 외국에 나가 유랑하고 있는 동포들을 불러들이는 일, 그리고 죽어 버린 살인마와 자기 스스로 목숨을 끊었다는 소문이 떠도는 악마 같은 왕비의 앞잡이가 됐던 잔혹한 무리들을 색출해 내는 일이오. 그 밖의 필요한 모든 일은 자비로우신 신의 가호 아래 방법과 시간과 장소를 가려 시행하리다. 그럼 여러분 한분 한분께 깊이 감사하는 바이오. 여러분 모두 스쿤에서 거행할 대관식에 참석해 주기 바라오. (트럼펫의 화려한 취주, 모두 행진하며 퇴장)

작품해설

셰익스피어의 4대 비극 중의 하나인 『맥베드』는 셰익스피어가 극작가로서의 지위가 확고해지고 극작술이 원숙해졌으며 현실을 인식하는 자세라든가 역사투시의 태도, 더 나아가 인간통찰이 심오해진 무렵에 나온 작품이다. 이 작품의 집필연대는 1606년경으로 추정되고 있다. 즉 『맥베드』는 『햄릿』, 『오델로』, 그리고 『리어왕』등 대작들을 이미 발표한 후에 쓴 것으로 짐작되며, 4대 비극 가운데 맨 마지막 작품이 아닌가 여겨진다.

『맥베드』 역시 셰익스피어의 많은 역사극과 『리어왕』의 자료가 된 홀린셰드의 『연대기』의 스코틀랜드 편에 있는 『맥베드의 전기(傳記)』 즉 맥베드가 당컨왕을 시역하여 보위를 찬탈하는 1040년에서 1057년에 이르기까지 17년간 나라를 다스리다가 전왕의 아들에게 살해당하는 국면과 돈월드와 그의 아내가 공모하는 『다프왕 살해』에서 소재를 얻어 이 비극을 완성하였다.

셰익스피어의 『맥베드』와 홀린셰드의 『연대기』에 있는 『맥베드의 전기』를 자세히 살펴보면 우리는 그 속에 적지않은 동질성과 이질성이 있음을 발견하게 되는 것이다. 지극히 비약적인 대비고찰이긴 하지만 맥베드가 개선하고 돌아오는 귀로에서 세 마녀를 만나는 것, 그가 국왕을 시역하여 왕위를 찬탈하려는 야심을 품게 되는 것, 맥베드가 보위에 오르

자 뱅코우를 살해하는 것, 뱅코우의 아들 플리언스가 피비린
내나는 난을 피하는 것, 뱅코우의 망령의 등장과 맥다프의
처와 자식들과 가솔들을 모조리 학살하는 것 등은 같지만,
『연대기』의 맥베드는 뱅코우를 위시하여 몇몇 동지들과 함
께 당컨왕을 살해하는 반면 셰익스피어의 『맥베드』에서는
뱅코우는 살해에 가담하지 않는다. 홀린셰드가 묘사하는 당
컨왕은 젊고 성인이 아니라 권모술수가라 함이 더 옳을 것
같다. 셰익스피어의 『맥베드』에서는 왕은 후덕하며 노왕이
기에 맥베드가 당컨왕과 친척간이고 신하이며 자기 집을 방
문한 군왕을 주인으로서 살해했기에 더욱 잔인함을 부각시
킨 것 등이 인용된 원전과 두드러지게 다른 점이다.

　『맥베드』의 최초의 상연 연대에 대해서는 여러 가지 견해
가 있으나 일반적으로 학자들간에 알려져 있는 설에 따르면
1606년 7월 17일 제임스 왕비의 오라버니에 해당되는 덴마
크의 크리스티언 4세가 런던을 친방하였을 때, 궁정에서 상
연되었다는 추정이 유력하다. 그리고 최초의 인쇄판은 1623
년에 2절판으로 출판되었는데 어떤 학자는 극장대본의 사본
에 의해 인쇄되었다고 보는가 하면, 그대로 믿기는 힘들지만
또 어떤 학자는 셰익스피어의 원작 그대로가 아니고 삭제되
고 첨가된 것이라는 견해가 전해 내려오고도 있다.

　당연한 이야기지만 『맥베드』를 올바르고 심도있게 평가
하자면 우리는 줄거리를 주목할 필요가 있다. 이야기의 줄거
리를 막별(幕別)로 정리해 보면 대체로 다음과 같다. 즉,

　⑴ 스코틀랜드의 맹장인 맥베드는 개선하여 돌아오는 길
에 마녀 셋을 만나게 된다. 마녀들은 그가 스코틀랜드의 왕

위에 오르게 됨을 예언한다. 그 예언은 그와 그의 아내의 가슴에 야심의 불꽃을 지펴준다. 그들은 당컨왕을 시역할 흉책을 지니게 된다.

(2) 당컨왕은 맥베드 성에 행차하여 그날 밤에 깊이 잠든 사이에 피살되고 만다. 두 왕자는 위기를 벗어나 국외로 도피한다. 맥베드는 두 왕자에게 죄를 덮어씌운다. 이윽고 맥베드는 야망인 보위에 오르게 된다.

(3) 맥베드는 뱅코우를 자객들을 시켜 암살한다. 이는 장군의 후손이 왕위에 오르게 된다는 예언을 들었기 때문이다. 뱅코우의 망령이 맥베드가 베푼 잔치 석상에 나타난다.

(4) 맥베드는 마녀들을 찾아가서 다시 예언을 듣고 자기가 마법의 도움을 받고 있다고 착각한다. 맬컴 왕자를 지지하는 반항군이 공격해 오지만 맥베드는 싸움에서 승리한다고 마음 먹는다.

(5) 그러나 맥다프와의 싸움에서 맥베드는 적장의 칼을 맞고 전사하게 된다는 것 등이 그것이다.

여기서 한가지 주목되는 사실은 『맥베드』가 셰익스피어의 비극 중에서는 가장 짧다는 점이다. 2082행에 지나지 않기 때문이다. 그러고 보면 『햄릿』에 비해서 2분의 1 정도 밖에 안된다. 셰익스피어 전 작품 중에서 이것보다 짧은 것은 『실수연발』과 『태풍』뿐이다. 그것도 두 작품 모두 희극이다.

이 이야기는 살인에서 시작하여 살인으로 끝나며 피가 피를 부르고 무대 한쪽이 피바다를 이룬다. 얀 코트는 "『맥베드』를 실제로 상연해서 세계가 피의 바다로 되어 있는 느낌

이 없다면 이 상연은 실패작"이라 했고, A. C. 브라들리도 "마치 시인은 이 이야기의 전편을 피로 물든 안개를 통해 조망하는 것 같다"고 평했다. "나는 이만하면 장수했다. 내 생애도 이미 누런 잎이요, 조락한 가을이 아닌가. 더구나 노년에 따라야 하는 명예와 애정과 순종과 많은 친구들과는 인연이 없다"고 절규하며 맥베드는 스스로 암흑과 피와 저주와 밤과 불면(不眠)과 광기와 고독의 지옥을 택한 것에서 그런 분위기를 쉽게 읽게 된다.

『맥베드』는 비록 짧은 작품이기는 하지만 셰익스피어의 비극작품에서 좀처럼 찾아볼 수 없는 뛰어난 기교 즉 희곡적 구성의 긴밀성과 플롯의 압축성 그리고 막이 열리어 소위 비극의 핵심을 향해 사건의 매우 신속한 진행이 기축(基軸)이 되었다고 해도 그리 빗나간 말은 아니다.

그런데 바로 여기서 우리가 간과하지 말아야 할 사실이 또 하나 있다. 그것은 『맥베드』는 거의 같은 암흑 속에서 극이 펼쳐져 나간다는 점이다. 은가루를 뿌리는 듯한 달빛은 볼 수 없다. 음험하고 공포와 절망이 소용돌이치는 흉측스럽고 간교한 어둠이 죽음처럼 괸 것이 『맥베드』의 작품세계이며 색조가 아니겠는가. 그 암흑 속에는 신의 음성이 아니라 악의 목소리가 활개를 치고 있다. 그러므로 이 암흑은 보다 더 단적으로 말해서 극적 배경의 구실을 한다기보다는 극적 분위기의 구실을 한다고 봄이 옳다. 이런 점에서 볼 때, 악이 패하여 줄달음을 치고 선이 얼굴을 내밀 무렵에서야 비로소 암흑은 사라지고 희뿌옇게 동이 터오게 된다.

흔히 극평가들은 『맥베드』가 그리스적이라는 지적을 같

이하고 있다. 그 이유는 매우 간단하다. 그리스의 3대 비극 시인의 작품들은 한마디로 말해서 응보의 극임을 어렵지 않게 간파할 수 있다. 거기에는 인간이 자기 분수에 넘쳐 야망을 채우려고 할 때, 신의 벌을 받게 됨을 볼 수 있다. 또 야심뿐만 아니라 격정도 벌을 받게 된다. 『맥베드』에 있어서도 역시 야망이 벌을 받게 된다. 말하자면 응보의 계율이 어느 작품보다도 숨김없이 드러나 있다. 이와 같은 측면에서 그리스의 3대 비극시인의 작품들과 공통되는 성격을 지니고 있다고 보아야 마땅한 것이다.

『햄릿』은 어머니의 재혼과 부왕의 망령의 증언으로서 일어난 비극이며, 『오델로』는 이아고의 간언으로 빚어진 비극이며, 『리어왕』은 딸들의 배신으로 야기된 비극이다. 그 때문에 그들은 지렛대처럼 자기를 받쳐 주었던 가치관이라든가, 인간관이라든가, 자기관이 일시에 붕괴됨으로써 내적 혼돈의 심연으로, 알 수 없는 늪 속으로 빠져들어갔다. 『맥베드』역시 마녀들의 예언으로 내적 혼돈에 깊숙이 빠졌지만 여기서 더 중요하게 생각하게 되는 사항은 그의 내적 혼돈의 충격은 어디까지나 외적 도화선에 지나지 않으며, 발화체 (發火體) 그 자체는 그의 가슴 속에서 잠자고 있었다는 점이다. 그는 잠자고 있는 왕위의 불기둥 같은 야심을 들깨워 스스로 내적인 혼돈에 뛰어들어갔다. 그는 외적인 어둠보다 내적인 어둠 속으로 전락되어 갔다. 당컨왕을 살해한 후, 잔악한 죄업의 길로 접어들면서부터 그는 자신을 파멸로부터 구제하기 위해 또 다른 죄를 저지른다. 뱅코우에 대해 살의 (殺意)를 품게 되는 것도 그 때문이 아니겠는가. 그리하여 종말에는 악행을 거듭하는 폭군이 되어 구원될 길이 없는 나락(奈落)에 떨어지고 만다. 그는 최후까지 자기의 피곤한 혼을 쉬게 하는 무덤을 구하려고 하지 않았다. 그의 혼의 위안은 오직 싸우는 것에 의해 지탱하는 자기말살의 의식의 순수한 지속이었다.

야심에 불타는 맥베드에게는 어딘지 모르게 고귀한 정신이 메말라 있다. 얼핏 생각하기에는 『맥베드』를 양심의 비극이라고 여길 수도 있다. 그러나 엄밀히 따져보면 그렇지 않다. 왜냐하면 맥베드는 극중 어디에서나 자기의 악행에 대하여 뼈저리게 회개하는 빛을 좀처럼 대하기 어렵다. 두려워하고 있을 망정 양심에 비춰 참회하지 않는 바로 그것이 그의 특징적인 성격의 하나이다.

피와 폭력으로서 찬탈한 왕의 칭호에는 고귀한 왕자의 혈맥이 배어있지 않으며, 햄릿처럼 맥베드는 숙명적인 개성을 갖고 있지 않다. 『맥베드』가 성격극이 되지 못한 근본 이유가 바로 거기에 있는지도 모른다. 작품 속에는 사건도 있다. 플롯도 유난히 눈에 띌 정도로 깔려 있다. 어디 그뿐이랴. 시도 있고 정서도 풍부하다. 그럼에도 불구하고 우리는 맥베드에게 높이 세울만한 개성의 진실성이 희박함을 쉽게 읽게 된다.

이 밖에도 『맥베드』는 여러 가지 문제를 내포하고 있다. 우리는 여기서 『햄릿』과 『오델로』와의 차이점을 원용하여 그 문제의 실상에 접근해 보기로 한다. 어두컴컴한 성벽 위에서 파수병의 교대로 시작되는 『햄릿』과 마녀들이 주문을 외우면서 어지럽게 춤을 추며 돌아가는 장면으로 시작되는

『맥베드』는 공통점도 있지만 여러모로 다른 점을 만나게 된다.

두말할 나위 없이 『햄릿』과 『맥베드』의 성격은 현저하게 대조적이지만, 그 주인공들의 극적 행위의 도화선은 뭐니뭐니해도 초자연의 힘, 즉 망령과 마녀와의 만남에서 비롯되는 것이 공통적이다. 그런데 두 작품세계에서 유난히 눈에 띄는 다른 점은 첫째로 햄릿은 숙부로 말미암아 간접적으로 왕위를 찬탈당한 정통적인 왕자인데 반해 맥베드는 피를 뿌려 정통의 왕을 암살하고 왕위에 오른 찬탈자이다.

둘째로 『햄릿』에 있어서는 주인공인 햄릿이 어디까지나 극세계의 주축이 되고 있으며 그를 둘러싸고 많은 동심원(同心圓)을 이루고 있지만 맥베드는 그렇지 않다. 다시 말해서 맥베드는 자기 자신의 세계를 구축하고 있는데 지나지 않는다. 기실 맥베드가 주인공이긴 하지만 햄릿과 같은 의미로서의 주인공은 못된다. 햄릿의 세계는 늘상 외부를 향해 열려 있지만 맥베드의 세계는 시종일관 자기폐쇄적이다. 셰익스피어가 두 주인공의 대비(對比)를 투철하게 의식해서 창출했는지는 모르겠지만 어쨌든 햄릿의 전형을 창조한 후에 성격이 전혀 다른 주인공인 맥베드를 그린 것은 부인 못할 사실이 아니겠는가.

그런가 하면 『오델로』와도 대조적인 면이 적지 않다. 셰익스피어는 『오델로』에서 신혼부부 사이에 일어난 살인범을 극명하게 다루었지만 『맥베드』에서는 중년부부가 왕관에 대한 불타는 야심의 포로가 되어 끝내는 공모하여 살인을 저지르는 이야기를 리얼하게 묘파했다. 더욱 정확히 말하면 전자는 연애의 파탄이며 후자는 살인을 주제로 삼았다고 하겠다.

일생을 자기의 숙명과 싸워나간 것이 아니라 다만 운명과 흥정하는 일로 세월을 죽인 맥베드는 극의 전반부에서는 위대한 사군자, 용감무쌍한 전사, 그리고 시인의 상상력을 지닌 자상하고 깊은 애정을 지닌 남편이기도 하다. 그러나 왕위에 오르자 그는 냉혹하고 잔악한 일종의 위선자가 되고 만다. 그의 가슴은 오로지 악의 지배만을 받게 되는 것이다.

흔히 생각하는 것처럼 햄릿이 지성의 과잉으로 실행력을 상실한 것과 같이 맥베드는 격정적인 야심과 환상의 과잉 때문에 실행력이 걸림돌에 부닥쳐 쓰러지고 만다. 그런데 여기서 밝혀두어야 할 것은 맥베드와 상치된 성격을 지니고 있는 그의 부인이다. 그녀는 의지의 실천력의 화신이다. 맥베드로 하여금 국왕살인의 대죄를 범하게 한 것도 그의 부인이다. 그녀의 실행력과 과단성이 그의 살인을 부른 것이다. 그런데 눈여겨 보아야 할 것은 그녀에게는 맥베드와 같은 시인적 상상력이 결핍되어 있다는 바로 그런 사실이다. 그렇기 때문에 국왕 시역에만 급급했지 그 결과가 얼마나 무섭고 비참한 멸망을 가져오리라는 것을 헤아리지는 못한다. 맥베드가 미래의 불안에 대하여 두려워하고 번민하는 것과는 달리 그녀는 지난날의 악행에 대한 불안에 시달리어 끝내는 몽유병자가 되어 비참한 생의 종말을 맞게 된다.

죄악에 대한 형벌의 기록과 같은 이 작품의 흥미의 최대 초점은 맥베드의 성격창조에 있지 않나 생각된다. 셰익스피어는 잔인한 죄과를 계속 저지르는 맥베드를 흉악한 살인귀

로 그려내지 않았다. 작품 밑바닥에 인간적인 취약점이라든
가, 온화한 휴머니즘이라든가, 고고한 성품 등을 은밀하게
깔아놓고 있다. 셰익스피어는 왜 그랬을까? 이 물음에 대하
여 한마디로 대답하기는 어렵지만 굳이 지적한다면 어디까
지나 주인공 맥베드에 대한 독자나 관객들의 혐오감을 억누
르게 하여 극적 공감을 얻도록 하려는 그의 극작술 때문인
지도 모를 일이다. 그로 인해서 『맥베드』가 우리에게 한가
닥 빛을 던져주며 의미를 부여해 주는지도 또한 모를 일이
지만.

셰익스피어 전집 11

맥베드

옮긴이 · 신정옥
펴낸이 · 양계봉
만든이 · 김진홍
펴낸곳 · 도서출판 전예원

주소 · 경기도 용인시 처인구 모현면 초부로 54번길 75
전화번호 · 031) 333-3471 전송번호 · 031) 333-5471
e-mail · jeonyaewon2@nate.com
출판등록일 · 1977년 5월 7일 출판등록번호 · 16-37호

1991년 06월 10일 초판 발행
2020년 01월 15일 15쇄 발행

ISBN · 978-89-7924-022-1 04840
ISBN · 978-89-7924-011-5 04840 (세트)

값 · 9,000원

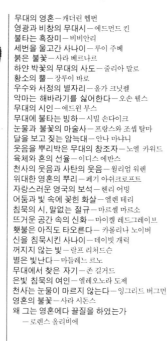

舞台의 전설

명배우 명연기

申定玉

전예원
☎581-3637~9

10년 동안에 걸쳐 번역해낸 현대영미희곡의 걸작들! (전10권)

現代英美戲曲

신정옥 옮김

〈각권 수록작품〉